經典文學故事選

鑲金牙的鱷魚

張子樟◎編選

六十九◎繪圖

編選序

欣賞、反芻、深思和積澱

　　二十多年來，讓我對文字閱讀論述最有感覺的專家學者是下面這三位：喬治·史坦納（George Steiner，1929-2020）、萊辛（Doris Lessing，1919-2013）和羅森布萊特（Louise Rosenblatt，1904-2005）。前二人都感嘆時不我與，但對於整個科技進步如何影響閱讀環境，並沒有提出任何改善的建議。只有一生專注於閱讀研究的羅森布萊特的說法比較實際、實用。

　　羅森布萊特先指出閱讀的三種功能：提供樂趣、增進了解和獲得訊息與意義。她把所有的閱讀處理過程放置在介於「審美」（aesthetic）和「輸出」（efferent）之間。

　　她認為在以往的閱讀教學中，讀者對文本的理解依賴教師或評論者的解讀，是一種以獲取資訊為主要目的的閱讀方式，她稱之為輸出式閱讀（efferent reading）。這種閱讀也是用來蒐集事實、數字，以及其他形式的真實訊息（如說明書、教科書和其他手冊）。

　　她提倡的審美式閱讀（aesthctic reading）更加注重讀者在閱讀過程中被激發出來的，來自個人的閱讀體驗、情感、態度與想法，並允許讀者從文本和文本內創造意義，關注讀者在閱讀活動中所獲得的生命體驗。

　　依照她的說法，我們知道純文學（小說、戲劇和詩歌

等）閱讀必須經過適度的篩選與帶動，而其過程則包括欣賞、反芻、深思和積澱。

本選集依據羅森布萊特的說法，挑選一些適合青少年閱讀的優秀作品，並根據內容稍加分類，共分為：對生命的尊重、善與惡的距離、價值的抉擇、踏實的活著和自然與人共存共榮等五大主題。

但實際上，每篇作品的主題分法往往沒有絕對的標準，因此分類只是一種參考。以「自然與人共存共榮」為例，〈仙鶴〉和〈K先生最喜愛的動物〉直接談到動物與人的互動；〈勒索信〉說的是鳥類知識的應用，〈綁架〉涉及建商良心，反諷味道重；〈一團黏土〉則以物喻人。即使〈公理〉一文中的公理與定理之爭也是一種自然現象的討論。

在知識爆炸的年代裡，大量閱讀是不可或缺的。當代的青少年除了學習與自己專業相關的知識外，還必須多讀文學作品，千萬不要成為萊辛所說的「受過教育的野蠻人」（the Educated Barbarian）：「……懂得最先進的科技知識，能操作最複雜的機器，卻缺乏情感，缺乏情趣，缺乏寬容博愛的精神。造成他們『野蠻』的原因，是因為他們不讀

文學作品。」而細讀文學作品並非像檢索資料那樣簡單，一蹴可成的，必須遵循「欣賞、反芻、深思和積澱」的過程，才會有所收穫的。

人人都知道，青少年是良好品格的形塑期。藉由大量閱讀優秀作品，在潛移默化中，小讀者不知不覺對自律、憐憫、責任、友誼、工作、勇氣、毅力、誠實、忠誠、信仰、正義、愛心、道德倫理、奮鬥、合作等這些良好品德有了初步的認識，深受影響後，進一步認同，並以擁有它們爲榮。這本選集同樣具備傳遞上述良好品德的功能，靜待有心的大小讀者去發現、挖掘和身體力行。

張子樟（臺東大學兒童文學研究所前所長）

目錄

編選序

欣賞、反芻、深思和積澱　張子樟

對生命的尊重

善與惡的距離

價值的抉擇

踏實的活著

自然與人共存共榮

推薦

對生命的尊重

第一次打獵

〔美國〕 亞瑟·戈登

「孩子，準備好了嗎？」父親問道，吉米急忙點點頭，戴上手套的手把槍撿起，看起來格外笨拙。父親拉開帳棚的簾門，兩人一起走進嚴冬的曙光裡，把睡袋的舒適、暖爐的溫暖、烤肉和咖啡的誘人氣味都留在帳篷中。

他們在帳篷前站了一會兒，呼出的氣體都變成白霧。舉目所及是廣闊的溼地、水面和天空，彷彿是一幅銀白色的畫布。若在平時，吉米肯定會拿出心愛的相機，記錄眼前壯觀的景色，但今天不行，今天是特別的日子，剛滿十四歲的吉米要第一次打獵。

其實，吉米並不喜歡打獵，自從父親買了獵槍給他，教他上膛、瞄準、扣扳機、練習射擊，並說要帶他來海灣這個小島打獵，他就很不開心。

無可奈何之下，吉米決定將這件事草草應付過去，滿足父親的期待，他深愛著父親，不希望讓父親失望，而吉

米最期待的事情，就是獲得父親的讚賞。

來到面海的埋伏位置，空間有點狹窄，只放著一個長凳跟一個彈藥架，吉米屏氣凝神緊張等待著。

天色已大亮，海灣遠處，有一大群的水鳥在冉冉上升的旭日下掠過。為了緩和緊繃的情緒，吉米拿出相機，以銀色的水面為背景，幫父親拍了一張側面照，拍完照後，他匆忙的把相機放在架子上，再度拿起獵槍。

「上子彈吧，有時牠們會一下子就飛過你的頭頂上，連瞄準都來不及。」父親看著兒子裝上子彈、將獵槍上膛，於是也將自己的獵槍上膛，興奮的說：「我讓你先射擊，盼了很久終於等到今天，我們父子倆可以……」，父親突然停止說話，向前傾身，瞇著眼睛看著遠方說：「有一小群野鴨正向這邊飛來，低下你的頭，到時我會叫你。」

在他們身後，緩緩上升的旭日把整個溼地映照成黃褐色的，吉米把一切都看得清清楚楚：父親期待而熱切的神情、槍管上凝結的白霜。他的心跳得厲害，有個聲音在他心裡吶喊：不要過來，野鴨千萬別往這邊飛。

但野鴨與他們的距離依舊在縮短中，「四隻是黑的，」父親說，「還有一隻綠頭鴨。」吉米聽到空中翅膀拍動的聲響，野鴨拍動翅膀，開始迴轉繞圈。父親低聲道：「準備。」

牠們來了，脖子伸得長長的，翅膀優雅的彎著。那隻綠頭鴨正在降落，牠放下橘黃色的腳，準備降到水面。

「好機會！來了，來了……」父親握著槍站了起來，低聲喊道，「開槍吧！」吉米機械的服從著命令，他調整位置，像父親曾教他那樣瞄準。

這時，野鴨群已發現周圍有人，紛紛四散飛走。那隻綠頭鴨好像被線牽動一樣，一下子又飛了起來，在空中逗留了一秒，吉米想扣下扳機，手指卻動不了，那隻野鴨已乘著氣流，飛得無影無蹤。

「怎麼啦？」父親問，「為什麼不開槍？」

吉米雙唇顫抖，沒有回答。他關上獵槍的保險栓，把槍小心翼翼的放在角落。

「牠們是這樣活生生的……」吉米掩臉而哭，他感覺到父親對他的失望。

父親好一陣子沒有說話，來到吉米身旁蹲下，說：「又飛來一隻，再試看看吧。」

吉米依舊摀著臉，「不行，爸爸，我做不到。」

「快點，來，不然牠會飛走的。」

吉米感覺有一樣東西觸碰到他，一看，原來父親遞來的不是獵槍，而是相機。「快，」父親慈祥的說，「牠不會一直停留在同一個位置。」父親突然用力拍手，驚得那隻大野鴨振翅騰飛。「我拍到牠了，」吉米興奮的說，剛才的快門清楚記錄下野鴨拍翅起飛的英姿。

「是嗎？很好。」父親拍拍吉米的肩膀。「沒關係的，孩子，我愛打獵，但你不一定要跟我有相同的愛好，決定不做一件事也是需要勇氣。」父親微笑道，「現在你來教我拍照好嗎？」

| 作者簡介 |

亞瑟・戈登，美國作家。

凌思隨筆

　　吉米第一次打獵，因心理緊張而遵照父親的要求行動，得到父親肯定讚揚和打到野鴨的時機。

　　全文的景物描寫表現了大自然的美麗、生命的美好；為後文吉米放棄打獵做鋪陳，推動故事情節向前發展，表現了吉米善良並且熱愛自然的美好心靈。

　　文中的父親為自己不了解兒子的愛好，把自己的打獵愛好強加在兒子身上而自責，因此決定不再自私，尊重兒子的選擇，支持他喜歡攝影。

　　理解尊重他人，為人開明寬容，平等對待孩子是父親的性格特點。他同時善於自我反思，引導自己的孩子。

　　作者多次寫到相機，點明了吉米真正的愛好不是打獵，而是攝影，讓文章前後照應，情節自然合理而有波瀾。吉米熱衷擺弄相機拍攝美景，表現了他的善良和對自然中美好事物的熱愛，為後文吉米沒有開槍獵殺美麗的野鴨埋下伏筆；父親遞給吉米相機、稱讚他拍的照片，體現了父親對兒子的理解與支持，照應了前文。

　　吉米決定不獵殺水鳥，需要拿出得不到父親讚揚的勇氣；父親接受吉米不愛打獵愛攝影的愛好，則需要放棄自己對孩子的主觀期望的勇氣。

　　這篇故事告訴我們：愛是一種成全，不是一種桎梏。在堅持自我的同時，也要想到如何成全他人。

幸福的玫瑰花

〔美國〕阿·戈登

那年春天，每個星期六晚上，我都會送一朵玫瑰花去給凱洛琳小姐，那朵玫瑰花一定是店裡最美好的。

每天放學後和每個星期六，我固定在奧森老爹的花店打工，負責送花給客人。從我一開始接下送玫瑰的工作時，就覺得這事有點兒古怪。第一次送玫瑰的晚上，我就提醒奧森老爹忘記給我送花人的名片了。

「沒有名片，詹姆斯，而且送花的人要求我們保密，所以你也不要聲張。」老爹說道。

我很高興有人送花給凱洛琳小姐，因為她實在太可憐了。鎮上的人都知道，凱洛琳的遭遇實在令人不捨，她交往多年已經論及婚嫁的男友，突然拋棄了她。

凱洛琳與潘尼曼交往多年，一直在等他醫學院畢業，可是沒想到，潘尼曼在醫院實習期間，愛上一位更年輕漂亮的女孩，並和她結婚。潘尼曼的新歡，名叫克麗絲汀，

很有魅力，不但美麗動人，而且也很有錢。

克麗絲汀在我們鎮上的日子一定不好過，大家都鄙視她，在背後指指點點說她壞話。至於可憐的凱洛琳小姐，這個打擊令她傷心欲絕，連續半年，她都把自己關在家裡，以前她最喜歡為教堂禮拜彈奏風琴，現在也不去了。

我送第一朵玫瑰花去給凱洛琳小姐那晚，那時她看起來神情萎靡、蓬頭垢面，像鬼一樣。當我表明是來送花時，她滿臉驚訝——「這是給我的嗎？」

第二個星期六，我又送去一朵玫瑰花，第三個星期六，又是一朵。第四次她很快就開門，我知道她一定在等待著，她兩頰微紅，頭髮看上去也不那麼散亂了。

到了第五個星期六，第五朵玫瑰花送去，隔天的教會主日禮拜，凱洛琳小姐又回到教堂彈風琴了，我看見她衣襟上別著那朵玫瑰花。「多麼勇敢的女孩。」我母親說，「多麼有骨氣！」

我照例每週六送去玫瑰花，凱洛琳小姐逐漸恢復了正常的生活，現在的她，全身上下充滿自信。今晚是我最後一次送花去給凱洛琳小姐。我把玫瑰花遞給她，說道：

「凱洛琳小姐，這是我最後一次幫你送花，下星期我們全家要搬到別的地方去。不過，奧森老爹說他會繼續替你送花的。」

凱洛琳呆立片刻，接著說：「詹姆斯，請你進來一下。」她把我領到整潔乾淨的客廳，從壁爐上取下一個雕刻精緻的帆船模型，「這是我祖父留下來的，送給你。」她說，「謝謝你和那些玫瑰花——真的帶給我很大的鼓勵。」她輕撫嬌嫩的花瓣，說道：「花瓣無言，卻使我明白許多事情……」

回花店後，我趁著奧森老爹不注意，翻找了顧客的資料，這是我以前絕不敢做的事，只見上面是奧森老爹潦草的筆跡：「潘尼曼，五十二朵上等紅玫瑰，共計十三元，已全部預付。」原來如此！

多年過去，偶然之下，我又回到奧森老爹的花店，店裡的一切彷彿都沒什麼改變。我隨口問老爹：「凱洛琳小姐現在怎樣了？」「凱洛琳小姐？以前在教堂彈風琴的那個女孩？」我點點頭，「她嫁給喬治，那個藥店老闆，他們現在過得很幸福，還有一對可愛的雙胞胎。」「那太好

了！」我真為凱洛琳小姐高興，「你猜潘尼曼太太知不知道自己的丈夫送花給他的前女友呢？」

我滿心期待看到老爹大吃一驚的模樣，誰知道老爹竟然歎口氣說道：「詹姆斯，你腦袋從來就不太靈光，送花的根本不是潘尼曼，他根本不知道這回事。」

我瞪大眼睛看著老爹：「花到底是誰送的？」

「一位太太。」老爹說，他小心翼翼把梔子花放進盒子，「她說她不願意看到凱洛琳小姐因為她而毀了，送花的是克麗絲汀小姐。」

「你瞧，」老爹最後微笑說道，「那才是有骨氣的女人！」

|作者简介|

阿‧戈登，美國作家。

┃凌思隨筆┃

　　細讀本文後，可以充分探究「幸福的玫瑰花」的意蘊。它包含了小城人們的正直與善良和克麗絲汀的善良；它張揚凱洛琳憑藉自尊自強，找到了自己的幸福；它通過「我」的所見所聞所感，十足表現了小城裡眾多人物的人性之美的光輝；最後它同時也詮釋了幸福甜蜜的愛情。

　　文尾的「意料之外的結局」（surprise ending）十分合理，凸顯了女人的細膩溫柔之心。

我的第一隻鵝

〔俄國〕　伊薩克‧巴別爾

第六師的薩維茨基師長，見到我走來，便站了起來。他身型魁梧得令我讚歎，全身肌肉結實，身著軍裝更顯得英姿挺拔，連軍靴都閃閃發亮。

我恭敬的將調派我來師部的調令呈遞給他。

「謹遵上級命令！」師長說，「上級指示，你可以選擇所調派的單位，除了前線以外。你有受過什麼訓練嗎？」

「有，」我回答說，「我是莫斯科國立大學的法學博士……」，坦白說，實在很羨慕他的陽剛跟威武。

「原來是喝墨水的，」他笑著打斷我的話，「難怪戴著一副眼鏡，原來是個臭知識分子！他們怎麼也不問一下，就把你這傢伙派來了，我們這兒專整戴眼鏡的。打算如何？你要留在這跟我們住上一陣子嗎？」

「是的，我希望待在這裡磨練，」我回答道，師長下

達指令後，便讓我跟著事務官到村裡找個地方住下。

事務官也是個孔武有力的軍人，輕輕鬆鬆一肩扛起我的行李箱子。前面是環狀的村間道路，黃澄澄的，像南瓜一樣。天上，奄奄一息的太陽正吐出粉紅色的氣息。

我們來到一棟周圍有花圃的農舍，事務官突然停下來，面帶歉意的微笑說：「這裡的哥薩克士兵喜歡惡整戴眼鏡的讀書人，怎樣都勸阻不了。官階再大的人面對他們也會氣得暴跳如雷。您呀，要給他們一點顏色看看，讓他們知道你除了拿筆之外，也能動手動腳，不是好惹的角色，這樣才能博得士兵的好感，客客氣氣的，只會讓他們更看低你。」

他扛著我的箱子，帶我繞過農舍，來到一個院落，一群哥薩克士兵正坐在乾草上剃著鬍子。

「喂，戰士們，」事務官一邊向士兵們介紹我，一邊把我的箱子放到地上，「根據薩維茨基師長的命令，這位同志會加入你們，跟你們一塊生活，別因為是新人就欺負他，新同志是上面派來的，是位很有學問的博士，是法律專家啊．」

　　事務官介紹完，頭也不回的走了，留下我一個人，眼前這群士兵，個個神色輕蔑，我禮貌的向他們行了軍禮。

　　一個有著一頭亞麻色捲髮、臉蛋稚氣的士兵，一言不發的走到我面前，提起我的箱子，隨便一甩就扔了出去，接著他轉過身子，把屁股對著我，發出一連串的聲響跟氣味。

　　眾人笑成一團，但那小子就這麼幾招技倆，玩完就走開了。我默默把散落一地的書稿和幾件衣物裝回箱子，走到院落的另一個角落坐下。我把乾草鋪在壞掉的箱子上充當靠枕，拿出《真理報》，打算好好閱讀最近列寧同志在共產國際代表大會上的發言。

　　那個捲髮的士兵故意在我四周走來走去，沒完沒了的取笑我，他搞了半天也不覺得累；倒是我向來愛不釋手的文句，彷彿走在荊棘叢生的小道上，怎樣也走不到我身邊，於是我把報紙丟下，朝門廊下的女房東走去。

　　「房東太太，我要吃東西……」我大聲叫嚷。老太婆抬起她那雙半瞎的眼睛，看了我一眼，又垂下頭。「我說同志，」她沉默了一會兒，說：「再提吃的事，我寧願上吊。」

「混蛋，」我氣沖沖的，朝老太婆揮舞了一拳，「你竟敢跟我說這種話⋯⋯」我轉過頭，看到不遠處放著一把刀，院子邊有隻優閒的鵝正一邊慢慢踱步，一邊梳理羽毛。我快速衝向前去，一腳把鵝踹倒在地，軍靴下的鵝頸喀嚓一聲斷了，血正不停的往外流，死鵝的翅膀還在上下掙扎撲騰著。

「混帳東西！」我拿著刀撥弄著那隻可憐的斷頭鵝，「老太婆，把這鵝給我烤一烤，動作快點。」老太婆半瞎的眼睛閃著光，她拿起鵝，往廚房走去。「我說同志，」她沉默了一會兒，說：「我寧願上吊。」說完，她帶上門走進廚房。

院落裡，哥薩克士兵們已經圍坐在他們的餐點前。他們直挺挺的坐著，動也不動，像一群祭司，而且誰都沒看鵝一眼。

「這小子還挺不錯的，感覺可以跟我們合得來。」其中一個士兵在議論我，他邊說邊舀起一匙肉湯。哥薩克士兵們居然斯斯文文的吃著晚飯，就像農莊的人們一樣；我把刀子擦拭乾淨，走到門外，又走回院落裡，內心十分痛

苦。月亮就像廉價的耳環，掛在院落的上空。

「老弟，」士兵的頭頭蘇羅夫科夫突然走過來對我說，「你的鵝還沒烤熟前，先坐下來跟我們一塊吃點兒吧⋯⋯」他從靴筒裡掏出一支備用的湯匙，遞給我。

這群士兵突然對我客氣了起來，「報上都說些什麼？」連剛剛那個羞辱我的亞麻捲髮傢伙，都一邊客氣的問我，一邊騰出位置給我。「列寧在報上說，」我拿出《真理報》回答道，「我們各個方面都是貧乏的⋯⋯」於是我亢奮的扯開嗓子，把列寧的講話念給士兵們聽。

我大聲朗誦著，欣喜若狂。我念完報後，蘇羅夫科夫說道，「要把真理從一大堆雜七雜八的東西裡挑出來可真難，但偉大的列寧同志就像雞啄米一樣準確。」

蘇羅夫科夫是師部直屬騎兵連的排長，後來我們在乾草棚裡睡覺。六個人睡在一起，擠作一團取暖，腿壓著腿，草棚頂上盡是大大小小的破洞，連星星都看得見。

這晚，我做了好多夢，還夢見了女人，可是我的心卻被「殺生」染紅了，一直在呻吟，在滴血。

　　伊薩克·巴別爾（俄語：Исаак Эммануилович Бабель,1894-1940），前蘇聯猶太裔作家，長期擔任隨軍記者。1939年在蘇聯「大清洗」時期被指控為間諜，1940年遭槍殺，1954年獲蘇聯當局平反，代表作是短篇小說集《紅色騎兵軍》。巴別爾被稱為是繼卡夫卡之後的天才型猶太作家。

|凌思隨筆|

　　作者以人道主義立場和獨特的心靈感悟，真切描繪了處於殘酷戰爭中一個個具體的軍人、百姓的災難經歷和內心世界。

　　全文以小見大，寫一位文職人員為得到哥薩克軍人的認可而殺死了一隻鵝，但對暴力的鞭撻卻不亞於對屠殺場面的渲染，讀之讓人心頭沉重。他違背本性殘忍的殺死了一鵝的「壯舉」，可笑又可悲！這次凶殺換取了一張帶血的門票，哥薩克軍人們從此接納了「我」。實際上，「我」只是表面看融入而內心並沒能融入這個團體。

　　細讀後，發覺作者在情節、人物和主題方面的鋪陳，相當用心。同時作者還利用對比、動作和心理的描繪來塑造形象。他不忘突出戰爭的殘酷，美好人性也慘遭扭曲。

鑲金牙的鱷魚

〔俄國〕　弗拉基米爾·卡沙耶夫

　　一個男人不知道為什麼坐在河邊，也許是在看風景，也許是在算自己的錢夠不夠花，也可能只是在打盹，總之他到底做什麼，這個無從得知，也不重要。

　　我們只知道當時這個男人正坐在河邊，這時他身後有一隻鱷魚慢慢的朝他爬了過來，男人一點也沒有察覺到異樣。這條鱷魚接著快速的爬到這個男人面前，張開血盆大口，滿嘴獠牙讓人不寒而慄，至於男人早已嚇得腿軟到連站起來逃跑都做不到，只能乖乖等死。

　　奇怪的是，鱷魚沒有馬上飽餐一頓，而是仔細端詳眼前的男人，因為牠有個特別的習慣：要先看清楚自己的食物是什麼模樣，再好好享用。這次牠看完後，居然嫉妒得雙眼發紅，這人嘴裡竟鑲滿閃閃發光的金牙。

　　「這傻瓜真幸運，」鱷魚心想，「可是他鑲金牙有什麼用呢？嘴那麼小，這美麗的金牙給誰看？要是我有一口

金牙，不知道有多威風……」隨後，鱷魚把牠的「食物」叼在嘴裡。

「你這口漂亮的金牙是從哪裡弄來的？」鱷魚問道。

「我自己鑲的，」男人掙扎著回答。

「你以為你是誰啊？還鑲金牙？！」鱷魚嘲笑道。

「我？我是一個牙醫，每天都替人們補牙、鑲牙……」

「你能幫我鑲一副金牙嗎？」

「天啊！」牙醫不知所措的說道，「我哪有這麼多黃金……」

「你一定能做到的，」鱷魚威脅說，「如果你還想活命的話……」

最後，牙醫只好幫鱷魚鑲了一副純金的假牙。鱷魚從此變得更加神氣，總是張著大嘴，哪裡在談話牠都湊過去說上幾句，就是要炫耀自己的金牙。

但如果牠總是趴在草叢裡或者沼澤裡，誰能看見牠的金牙呢？於是鱷魚就開始用後腿直立起來走路了，過程的確很不容易，但卻非常值得，現在連長頸鹿都能看見牠的

金牙了。

不久，鱷魚發現自己的金牙變黯淡了，不像以前那樣金光閃閃，於是又來找牙醫。

「這是您經常吃生肉的結果，」牙醫搖搖頭說，「如果您想讓金牙一直保持原來的光澤，您就不能再吃生肉了」

鱷魚為了保持牠那一口耀眼的金牙，果真就不再吃生肉，不管是煎煮烤炸，一定把肉弄熟才吃，餐後立刻刷牙。牠還準備了全套的餐具：刀、叉、湯匙、筷子等，現在鱷魚經常四處找人聊天，為了能多炫耀幾次金牙，還抽起了菸。

就這樣，鱷魚慢慢的變成了人。

|作者简介|

弗拉基米爾‧卡沙耶夫，俄國作家。

　　讀完這篇寓言後，讀者不妨閉目想像一種情景：一隻滿嘴金光閃閃的鱷魚十分「誠懇的」告訴你：牠已經改吃素了。你會相信嗎？你會想到文中那位可憐的牙醫，在幫牠植金牙過程，曾被咬了多少次？肉食性動物永遠不可能吃素的，就像你絕對無法強迫牛羊去吃其他動物的肉一樣。同樣的，這時候我們也會想起羅德·達爾《飛天巨桃歷險記》在故事一開始，主角詹姆斯的父母就被素食的犀牛一口吃掉的描述。作者以違反自然律法則來刻畫故事，自然而然達到荒誕文學的趣味。只要讀者在細讀時，不斷的自問：「這怎麼可能？」或者欣然接受，哈哈大笑，作者就達到目的了。一般讀者遇到這樣的文字，馬上可以確定這是寓言式的童話。試想，鱷魚在岸邊逮到一個人，怎麼可能與被逮者對話，誰又在一旁聽到了？

　　顯然，這篇文字本身在於嘲諷現世間不知道自己斤兩的凡人。鱷魚永遠是鱷魚，不吃生肉改吃熟食、準備整套餐具、直立行走，也不可能變成人，因為牠凶惡的面貌似乎永遠沒有改變的機會。

　　鱷魚就是鱷魚，牠不可能像文章所描述的，終於變成人。抽菸也同樣保證不了能變成另一種更高尚的動物。全文嘲諷時下社會存在著多少類似鱷魚行為的人，但卻對他們無可奈何。

匆匆人生

〔德國〕　庫爾特·庫森貝格

　　當他還是個孩子的時候就令人詫異不已，他像吹氣球似的瘋狂長大，一下子就長得很高，但也突然一下子就不再長高了；他說話顛三倒四，因為腦子裡想的跟嘴裡說出來的總是對不上，人家常常聽不懂他在說什麼；他行走如飛，常常一天內可以去到好多地方；他上學年年跳級，可是他還嫌不夠快，總是希望明天就能從學校畢業。

　　離開學校後，他找了個聽候差遣的工作，從未有誰像他一樣，快速的奔來奔去。

　　他送完東西就馬上返回，速度之快，無法讓人相信他的確有完成工作，所以就被辭退了。他專心練起速記，不久就能在一分鐘內寫完五百個單字的文章，儘管如此卻沒有一家公司願意聘用他，因為他總是提早給信件標注了日期，而且如果他的上司口述速度太慢，他會無聊的打哈欠。

經過短暫，但在他看來卻是漫長的求職後，他成了一名公車司機。後來，每當他想到這段工作經驗就不禁恐懼的發抖，因為只要等在站牌旁的人們一招手，他就必須得讓行駛中的公車停下來，好讓乘客們可以上下車。

但是有一天，他沒有理會招手等車的人們，而是將公車快速的繼續往前開，開出了市區，當然這份工作自然也保不住。

這件事情登上了報紙，意外的引起體育界的注意，他從公車司機搖身一變，成為一名賽車手，並且迅速贏得世界上所有賽車比賽的冠軍，這可是空前絕後的大驚奇。各大公司都希望能簽下這位賽車天才，最後，一家大企業跟他達成合作協定，他不再是賽車手，而是合夥人，他的領導風格就是快、狠、準，尤其在談判桌上，他總是先把對手搞得暈頭轉向，再讓他們俯首稱臣。

在決定要結婚成家後幾小時，他就向奧運女子短跑一百公尺金牌得主求婚，直接把她從運動場帶到婚姻登記處，逼她馬上與他結婚。還好，共同的興趣、愛好將這兩個人連在一起，讓這場婚姻結出了不同尋常的果實。

　　為了能跟上丈夫的速度，這位女子使出渾身解數。她做起家事來風馳電掣，在冬天就穿上了夏裝，在預產期前就把孩子生了出來，懷了五個月的胎，那是個在母體內只待了五個月的孩子。這孩子躺在搖籃裡就能流利的說話，在會走路之前就已學會了跑步。她還發明快速食品，三五下就能吞下肚，馬上就能在胃中消化。

　　她永遠不滿意傭人做事的速度，家中的傭人每天更換一次，後來是每小時更換一次。最後，她找了一位原來在火車餐車上工作的廚師，又找了兩位空少來家中服務，這兩位空少身手敏捷、動作俐落──她在各方面都是她先生的好幫手。

　　至於他呢？當然是繼續加快生活中所有事情的步調，他睡的少，更睡的快，一躺下就已經進入了夢鄉，但在開始真正做夢前，他又已經醒過來了；在浴缸裡用早餐，在穿衣時看報紙，還有一座自製的移動軌道將他從房子裡送進屋前事先已遙控發動的汽車裡，然後箭一般的飛馳而去。

　　他話說得不多，像電報用語那麼簡潔，理解比較慢的人根本聽不懂他在說些什麼；他從不錯過那些比速度的體

育比賽，他出高額的獎金給最優秀的運動員，可惜從未有人得到這些獎金，因為標準太高、條件太嚴苛。他用很短時間內賺來的一部分錢製造了一艘載人火箭，這艘火箭載著他用最快的速度直衝月球，又快速的繞了地球一圈，這是他一生中最美好的旅行。

這種匆忙的「快速」生活並不是沒有負面影響的，他長得快、衰老的速度也很快，二十五歲就滿頭白髮，三十歲時就成了個老態龍鍾的老人。在科學能解釋這種罕見現象之前，他就死去了，而他的遺體也沒耐心等待火化，在死亡的瞬間就化為了灰燼。可是，令他失望的是，報紙在第二天才登出訃聞。他去世以後，一分鐘又慢慢恢復為原來的六十秒。

作者簡介

庫爾特・庫森貝格，德國作家。

│凌思隨筆│

　　本文描述了荒誕人生的一種面向。我們當中有這樣的人嗎？有，但沒這樣嚴重，這些也是我們這個講求速度的社會造成的，對錯難以評估。

　　換個角度來說，或許我們應該選擇「慢活」來取代「快活」。偶爾讀些荒誕作品，知道他人的異想天開，未嘗不是一種福氣。

進化論

〔美國〕 賀爾曼·梅森

　　奧薩棒球隊有一位忠實的球迷，他每次看球賽時總會帶著一隻大猴子。經過一段時間的耳濡目染，這隻猴子儼然成了一位棒球專家，看到精采的打擊或得分，牠會手舞足蹈、用力鼓掌；如果球員表現失常或是對手得分，這畜生便吐舌頭、做鬼臉以表達不滿。

　　偶然，在一次球賽的當下，奧薩隊的一壘手在賽中受了傷，無法繼續比賽，但臨時又找不到可以接替的選手。這時，不知道是誰提議，讓那隻猴子下場替補，這真是個瘋狂的建議，但在全場觀眾起哄之下，球隊經理只好勉為其難的答應。

　　然而，結果卻打破所有人的眼鏡，猴子精采的球技竟然讓奧薩隊反敗為勝，全場觀眾都為猴子瘋狂。

　　更令人不可置信的是，往後奧薩隊就靠著這隻靈長類連續打贏了九場比賽。原本受傷的一壘手早就被人遺忘，

當他康復要歸隊時，遭到球隊經理無情的拒絕，勝利必須持續下去，連勝的組合不容拆散。

可憐的一壘手雖然氣急敗壞，也只能看著這靈長類在球場上大展身手，自己則被迫捲鋪蓋。過了兩個禮拜，一壘手收到一封信，上面寫著：

親愛的湯姆，請歸隊吧，我們球隊需要你回來擔任一壘手的守備。

猴子上（P.S.我現在是經理了）

|作者簡介|

賀爾曼・梅森，美國作家。

凌思隨筆

　　同樣是靈長類，作者嘲諷的味道相當重。未來人類得面對外星人、機器人的挑戰或取代之外，猩猩、猴子的威脅也不可輕忽。

　　未來世界也可能進入《猩球崛起》等這類預告式的年代，或是《明天過後》中所描述的冰河期。未來不可樂觀預期或等待。

一個奇怪的故事

〔美國〕　歐·亨利

　　在奧斯丁北部，曾住著誠實的一家人，斯馬特斯一家。一篇關於都市人口的詳細報告需要提供家庭人數時，他們提供的人數是六人，即約翰·斯馬特斯，他的妻子，他自己，他們五歲的女兒和女兒的父母。但實際數一下，卻只有三人。

　　某一天晚上，晚飯後，小女孩突然肚子絞痛，於是父親約翰·斯馬特斯就匆匆進城買藥去了。從此，他再也沒有回來。

　　小女孩康復了，隨著時間的流逝漸漸長大。斯馬特斯太太因丈夫無故失蹤而悲痛萬分，後來再嫁搬到了聖安東尼奧。女孩長大後也結婚了，幾年後，她也有一個五歲的女兒；她仍然住在她父親失蹤時他們住的那棟房子裡。

　　某一天晚上，說來非常巧合，恰巧是約翰·斯馬特斯失蹤的紀念日，她的女兒開始痙攣性腹痛。約翰·斯馬特

斯如果還活著，且有一份固定的工作，應該是她的外祖父了。

「我去城裡幫她買藥吧！」約翰‧史密斯說（因為那正是她所嫁的人。）

「不，不，親愛的約翰，」他妻子喊道，「千萬別去，你可能會永遠回不來，跟我父親一樣。」

就這樣，約翰‧史密斯沒有出去。他們一起坐在小潘希的床邊。（因為那是女孩的名字。）

過了一會兒，潘希似乎痛得更厲害了。約翰‧史密斯又要去買藥，但他的妻子依舊不讓他去。突然，門開了。一位有著長長白髮的駝背老人走進屋裡。

「嘿，是外公來了。」潘希說道。她最先認出了他。老人從口袋裡拿出一瓶藥來，餵潘希喝了下去。她馬上就不痛了。

「我來晚了，」約翰‧斯馬特斯說，「因為我在等一輛電車。」

|作者簡介|

歐・亨利（O. Henry, 1862-1910），本名：威廉・西德尼・波特（William Sydney Porter），筆名：歐・亨利，美國小說家。世人把他與俄國的契訶夫和法國的莫泊桑三人並列為「短篇小說之王」。

|凝思隨筆|

多年前在報上讀過一則新聞：家住五樓公寓的某先生在某日用完晚餐後跟太太說，下樓去買份晚報。穿著便服拖鞋，卻一去不回。〈弗利克斯回來了〉和本文的主角同樣是在傍晚離家，多年後再返家。傍晚時，他們經過一天勞累，會不會想：「這就是人生？我究竟在做什麼？」心生逃避，一走了之？這值得我們細細思索一番。人生有些事是說不出緣由的。

這個故事在情節、風格、發展、特徵，反諷的運用和主題上與〈最後的葉子〉非常相似。這兩個故事都與死亡有關，並找到了克服之道。而且，它們都以問題開始，以曲折結束。沒錯，歐・亨利的真實生活在這個故事中得到了體現，因為他「消失了」（逃往洪都拉斯），但最終像約翰・斯馬特斯一樣回來了。

故事的主要矛盾是，潘希快要死了，父親想去買藥，但他的妻子擔心他會消失，就像她年輕時，她的父親一樣。

故事的主題是：當您需要家人時，他們永遠都在。

這篇故事似乎欠缺高潮，這在歐‧亨利的故事中並不常見，通常他至少會以這種方式，在結束故事時給出一些提示。但是他在這結束時說：「我來晚了，」約翰‧斯馬特斯說，「因為我在等一輛電車。」他想說什麼嗎？

每個人都以為約翰‧斯馬特斯那天晚上出去買藥的時候就消失了。令人遺憾的是，父母走出家門實在是太普遍了，因此，對於一個男人一晚不回家，再也不回來的情況，並沒有什麼特別不尋常之處。

但是，約翰‧斯馬特斯花了這麼長時間返回的原因是，他必須等待絕對的永恆，才能看到有軌電車出現。他確實離開家為生病的女兒買藥，但是由於公共交通的多變，他花了很長的時間才回來。這或許是作者幽默的提到當地有軌電車系統的長期效率太低。

藍色的樹葉

〔俄國〕瓦連京娜‧亞歷山德羅夫娜‧奧謝耶娃

　　小女孩卡佳有兩枝綠色的鉛筆，她好得意哦！可是，她同桌的同學蓮娜卻一枝也沒有。

　　這一天，蓮娜真誠的向卡佳請求說：「你有兩枝綠色的色鉛筆，可不可以借我一枝呢？」

　　但是卡佳卻把小臉一揚，說：「我得回去問問我媽媽，看她同不同意。」

　　第二天，兩個小女孩都來到了學校。

　　蓮娜問道：「卡佳，你媽媽同意了嗎？」

　　卡佳停了一會兒，又揚起小臉龐說：「我媽媽同意了，不過我還沒有問過我哥哥！」

　　蓮娜說：「那麼，你再回家問問你哥哥好嗎？」

　　第二天，卡佳來到學校的時候，蓮娜忍不住問道：「怎麼樣，卡佳，你哥哥答應了嗎？」

　　卡佳說：「我哥哥答應了，不過，我怕你把我的鉛筆

弄斷了耶！你賠得起嗎？」

蓮娜說：「我會小心使用的，保證不會把鉛筆弄斷的。」

卡佳說：「你能做到嗎？不能用刀片削它、畫的時候不能太用力、只能用一點點筆芯，用太多筆芯會變短！」

「不會用太多的，」蓮娜說，「美術老師交代的作業，我只要把上面的樹葉，畫成綠色的就夠了。」

「畫樹葉？這得用去多少筆芯啊！」卡佳皺著眉頭，臉上露出極不情願的表情。

蓮娜看到卡佳滿臉不樂意的樣子，就沒有再多說什麼了，默默的轉身離開，也沒有拿走那枝綠鉛筆。

卡佳感到很奇怪，就跑上去追問說：「你不是要跟我借色鉛筆嗎？在這裡啊，拿去用吧！」

蓮娜回答她說：「謝謝！我不要了。」

等到上美術課的時候，蓮娜交上去的圖畫裡，所有的樹葉都是藍色的。

老師問道：「蓮娜，你畫的樹葉怎麼都是藍色的啊？」

「老師，因為我沒有綠色的鉛筆。」蓮娜如實回答說。

「你可以向旁邊的卡佳借用一下啊！」老師說。

蓮娜聽了老師的話，沒有再說什麼了，只是默默低下了頭。

這時，卡佳滿臉通紅的說：「我有說可以借她，可是她沒有拿。」

老師看到兩位小女孩的反應跟神情，頓時就明白是怎麼回事了。

老師看了看卡佳跟蓮娜，開口說道：「卡佳，要記得，即使要給別人東西，也要好好的給、尊重的給，這樣別人才會願意接受你的幫助哦！」

　　瓦連京娜・亞歷山德羅夫娜・奧謝耶娃（1902-1969）
出生於烏克蘭基輔一位建築師的家庭，中學畢業後曾考入
基輔戲劇學院表演系。學業未完成，隨家遷居莫斯科郊
區，她的母親創辦了收容流浪兒童的勞動公社，奧謝耶娃
也由此開始了她整整十七年的教師生涯。她的重要作品有
《棕黃色的貓》、《有魔力的話》、《藍色的樹葉》和
《瓦肖克・特魯巴喬夫和他的朋友們》三部曲等。

┃浸思隨筆┃

這是一篇非常適合小學中低年級學生閱讀的好文章。課文很簡短，講的是小女孩蓮娜向同學卡佳借綠色鉛筆，可是卡佳捨不得借給她，找了很多藉口，一下子得問媽媽，一下子得問哥哥，又擔心蓮娜使用過多等。蓮娜絕望了，最後就用自己的藍色鉛筆畫樹葉。

文章的旨意在於讓學生明白：當別人有困難時，我們應該熱情相助。相信作者創作本文的目的在於讓小讀者看到卡佳的不足，又要讓他們相信卡佳以後會成為一個助人為樂的好學生。但是，在加入品德教育的同時，千萬要圍繞文章的旨意，強調整篇文字的意涵及其特色，否則容易變成在上品德課。

就基本知識而言，人人都知道，綠色的樹葉是最常見的，但樹葉也有金黃的、紅色的等，只有科羅拉多藍杉是自然界唯一藍色針葉樹。因此文中提到藍色樹葉當然會引起學生的興趣，帶入文本情境並不難。

同時，在詳細分析文本內容時，要記得隨時提醒孩子並深刻體會到：當我遇上困難沒人來幫助我的時候，那是怎樣的一種感受；他人有困難時，主動伸出援助之手是多麼的重要，並使之成為一種習慣。

卡佳的心態只是自私小氣，絕非大奸大惡，也沒有嚴重到涉及人性善惡問題。

俄羅斯媽媽

〔俄國〕　弗拉季斯拉夫・費多托夫

一九四四年的夏天，列寧格勒出現第一批德軍戰俘，他們是被押解來清除在戰爭中被炸毀的建築廢墟。

空氣中彌漫憤怒的情緒，「混帳！畜生！」圍觀的人群中突然傳來聲嘶力竭的叫喊，只見一個老婦人推開面前的人群，激動的撲向一個離她最近的年輕德軍戰俘。

「你就是打死他，也換不回死去的親人，而且也不只你一個人……」巴甫洛夫娜趕緊上前安撫這位激動的老婦人。

巴甫洛夫娜的女兒麗托奇卡在列寧格勒圍城（注）後的第一個冬天，因為糧食短缺餓死了，兒子科連卡七月加入志願兵，八月在盧加犧牲了。

巴甫洛夫娜在家裡一整天都在想著那個受了驚嚇的德軍戰俘，紅紅的頭髮，瘦瘦小小的，年紀也許跟巴甫洛夫娜的兒子差不多，一樣都那麼年輕。他肯定也有媽媽，他的媽媽早晚會等到自己的兒子。

　　有一次她從工地經過，無意中看見了那個被襲擊的紅髮年輕德國戰俘。戰俘們的隊長，正在按照守衛士兵們的吩咐朝他大喊大叫。

　　每次喝水時，漢斯——她這麼稱呼那個紅髮、笨拙瘦小的戰俘，細細的脖子上突出的喉結一動一動的。她覺得他非常可憐——要是能給他點吃的該多好啊。

　　她回到家，切了幾片黑麵包，抹了點豬油，再從只剩下半罐的糖罐裡取出兩塊糖放在上面……

　　「媽媽……好……好……謝謝……好……謝謝。」漢斯結結巴巴的說著，那塊麵包在他的嘴裡嚼了很長時間，怎麼也嚥不下去。

　　第二天，她躲著看守的士兵，又把自己帶來的一小包吃的轉交給漢斯。

　　此後的某一天，德國戰俘上車要去工地的時候，一個守衛朝漢斯又喊又叫，想從漢斯手裡奪下那個小凳子，「你要帶著凳子去哪兒？」漢斯怎麼也不肯鬆手，抓得緊緊的。

　　「長官，請您允許……可以嗎？」漢斯用德語夾雜著

俄語請求著。

「你快鬆手吧。他願意把凳子頂在腦袋上你也別管。」另一個守衛的士兵過來解圍。

戰俘們七手八腳把漢斯推上了卡車，把那個小凳子藏了起來，免得讓守衛的士兵看不順眼。

巴甫洛夫娜的茶還沒喝完，門鈴響了。鈴聲很短，很突然，肯定不是鄰居，隔壁的女鄰居不會這樣按門鈴。

門外站著的是那個德國戰俘漢斯。這不是做夢，也不是幻覺。他一隻手拿著那個藍色小凳子，一隻手握著從頭上摘下來的船形軍帽。

「這是給您的禮物，俄羅斯媽媽……」漢斯用自己的母語激動的說。如果巴甫洛夫娜能聽懂德語的話，漢斯最後的一句話是：「我永遠也忘不了俄羅斯媽媽的善良。不是所有的德國人都是法西斯。不是這樣。」

巴甫洛夫娜拉著漢斯的手，把他領進了屋裡，雖然她不明白他在說什麼。漢斯把凳子放在了客廳裡，笨拙的弓下身子，擁抱了一下身材瘦弱的巴甫洛夫娜。他身上的石灰讓巴甫洛夫娜喘不過氣來，他臉上剛剛長出來的火紅柔

軟的鬍鬚觸到了巴甫洛夫娜的臉頰。最後，他快速撿起掉在地上的軍帽，跑出了巴甫洛夫娜的家。

是這棟樓的管理員安德列給漢斯指的路。他很快就明白漢斯要找誰了，因為他不止一次看見過巴甫洛夫娜拿著袋子去那片廢墟。

戰俘們又清理了那片廢墟兩天。這兩天滿頭白髮的巴甫洛夫娜都來給漢斯送吃的，所有的守衛士兵都認識她了，也不再趕她。漢斯只要從遠處看見她，就馬上放下手裡的活跑過來。她把袋子交給他，她的目光中充滿了憐惜和慈愛，他的目光裡滿是謝意和感激。

兩天後，戰俘們被送到別的地方去了，他們再也沒有在這裡出現過。那棟被炸毀的大樓被拆除後，那裡修建了一個小廣場，年輕媽媽們經常推著嬰兒車來散步。

那個小凳子在廚房裡用了好多年。巴甫洛夫娜每次把小凳子搬過來坐下，就會想起紅頭髮的漢斯。

「費多爾，你不是木匠。你做不出這樣的凳子來。」巴甫洛夫娜對丈夫說。

「我怎麼能和手藝人比呢？」費多爾似乎有些生氣的

說，「我還殺過那些手藝人呢，因為他們的腦門上也沒寫著誰是木匠，誰是法西斯。」

注：「列寧格勒圍城戰」前後將近三年，造成數百萬的俄國軍民傷亡，不是命喪德軍的攻擊，就是死於圍困時的饑荒。倖存的列寧格勒居民，特意來圍觀這群失敗的入侵者，兩方雖是一勝一敗，但看上去實在沒什麼兩樣，皆是衣衫襤褸、面黃肌瘦。

｜作者簡介｜

弗拉季斯拉夫・費多托夫，俄國作家。

|浸思隨筆|

守衛士兵對巴甫洛夫娜給漢斯送吃的的態度由拒絕變成默許，主要是因為被她與戰俘漢斯之間跨越仇恨的親情感動了。

小說安排巴甫洛夫娜給德國戰俘漢斯送吃的有關情節，是意圖通過這位俄羅斯媽媽有違常理的舉動，從正面展現她的善良本性。

小說的結尾寫巴甫洛夫娜與丈夫費多爾的對話，表現出她對漢斯禮物的喜愛和對漢斯的惦念牽掛，顯示出她的善良、寬厚和慈愛的性格特徵。

費多爾的答話反映出他對漢斯的嫉妒和對法西斯的仇恨，以此與太太形成鮮明的對比，更凸顯了巴甫洛夫娜的高尚品德。

出獄者

[美國]　歐·亨利

　　一個獄卒來到監獄的製鞋工場，把正在那裡專心縫鞋的吉米·瓦倫丁帶到辦公室。典獄長把一張赦免令遞給吉米，這是今天早晨剛由州長簽署的，吉米懶洋洋的接過了它。

　　吉米被判刑四年，已服刑十個月，由於在獄中立功，如今他被提前釋放了。他曾經以為自己最多只會被關三個月，因為像吉米·瓦倫丁這樣一個在監獄外有那麼多朋友的人，被送入監獄時幾乎用不著剪頭髮。

　　「好了，瓦倫丁。」典獄長說，「你明天上午可以出去了。打起精神來，好好做人，你本質不是壞人。不要再撬保險箱了，正正當當的生活吧。」

　　「什麼？」吉米訝異的說。「啊，我從來沒有撬過保險箱。」

　　「哦，沒有嗎，」典獄長笑了，「當然沒有。那你怎麼會因為斯普林菲爾德案給送進來？是不是因為你怕牽連

某個地位很高的人，故意不提出不在場證明？還是因為不公正的陪審團虧待了你？你們這些自稱清白的罪犯總是愛找藉口。」

「我嗎？」吉米還是露出無辜的樣子說。「哎，典獄長，我從來沒有到過斯普林菲爾德！」

「帶他回去吧，」典獄長微笑著說，「替他準備好出去的衣服。明天早上七點放他出去。你最好多考慮考慮我的勸告，瓦倫丁。」

第二天上午，吉米穿著很不合身的成衣和一雙走起路來吱吱作響的皮鞋，站在典獄長的辦公室外，這身打扮是政府釋放犯人時免費提供。一名獄警遞給吉米司法當局藉此表示期望他重新做人的一張火車票和一張五元的鈔票後，便和他握手道別了。瓦倫丁——九七六二號，檔案上註明「州長赦免」。吉米·瓦倫丁走進了外面陽光燦爛的世界。

出獄後，吉米直接走向一家餐館。他在那裡享用了一隻烤雞和一瓶白酒，享受睽違已久的自由滋味。然後，他優閒的來到火車站，將一枚兩角五分的硬幣給了一個在門口捧著帽子行乞的盲人，接著便登上了火車。三小時後，

他到達了伊利諾州邊界的一個小鎮。他走進邁克‧陶倫經營的咖啡店，和邁克握了手。「很抱歉，我們沒能早一點把你弄出來，吉米老朋友，」邁克說，「你還好吧？」

「還好。」吉米說，「我的鑰匙呢？」他拿了鑰匙，上樓打開他的房門。一切都和他離開那天完全一樣。當警察逮捕他時，掙扎中，那位著名的警探——班‧普萊斯的襯衫上被扯下一顆鈕扣，如今鈕扣還躺在地板上。

吉米把緊貼牆壁的折疊床拉開，推開一塊暗板，拖出一只塵封的手提箱。他打開箱子，高興的看著箱子裡的整套盜竊工具。全都是特別訂製的，包括最新式的鑽頭、沖孔器、曲柄鑽、撬門棒、鉗子、錐子，以及兩三件由吉米自己設計的新品。

半小時後，吉米下樓穿過咖啡店，他已經換上雅致合身的衣服，手裡提著那只已經擦乾淨的皮箱。

「有苗頭嗎？」邁克‧陶倫親切的問道。

「我嗎？」吉米假裝困惑的說。「我不明白。我現在是紐約餅乾麥片聯合公司的推銷員。」

瓦倫丁——九七六二號釋放了一星期之後，印第安納

州的理奇蒙市發生了一宗保險箱盜竊案，手法乾淨俐落，毫無線索可尋。但竊匪所獲不過八百元而已。兩星期後，洛根斯波特市有一個特製的改良防盜保險箱，被人像切乳酪般輕易的打開了，失竊一千五百元現金。接著，密蘇里州傑弗遜市一家銀行的保險箱中被竊走五千元。班·普萊斯受命進行調查，經過比較，他發現這幾宗盜竊案的做案手法非常相似。

「這絕對是吉米·瓦倫丁的手法，」普萊斯說，「看看那碼鎖！就像是在雨天拔一根小紅蘿蔔一樣輕易的被拔了出來。再看看那些制栓，它們被撬開得多麼乾淨俐落！我一定會逮住瓦倫丁，下次可不能有什麼減刑或者赦免的蠢事，他得蹲滿刑期才行。」

班·普萊斯瞭解吉米的習慣，他經手處理斯普林菲爾德那件案子時就摸熟了吉米的脾氣；跑得遠，脫身快，不找搭檔，喜歡交上流社會的朋友——這些情況替瓦倫丁贏得了難得失手的名聲。於是警方對外宣稱普萊斯已經在追蹤這位神出鬼沒的竊賊，令其他擁有防盜保險箱的人放心了不少。

一天下午，吉米‧瓦倫丁帶著他的手提箱來到一個名叫艾爾摩的小鎮，吉米看上去像個剛從學校回家的大學生，年輕又體格健美，他朝著旅館走去。

這時一位年輕女孩越過馬路，在街角處從他身邊經過，走進一扇大門，那扇門門牌上寫著「艾爾摩銀行」。吉米呆呆的注視著那個女孩，忘了自己是誰，當下彷彿變成了另一個人。女孩垂下眼睛，臉上微微一紅，像吉米這樣的氣質及外貌的年輕人，在艾爾摩是不多見的。

吉米一把拉住一個在銀行臺階上玩耍的小男孩，向他打聽有關這個小鎮的事情。不久，那位年輕女孩出來了，她顯得高貴，根本沒有把這個提著皮箱的年輕人看在眼裡，揚長而去。

「那年輕女孩是不是波萊‧辛浦森小姐？」吉米技巧性的狡黠問道。

「才不是呢，」男孩說，「她是安娜貝爾‧亞當斯。她爸爸是這間銀行的老闆。」

吉米走進旅館，以拉夫‧斯賓塞的名字登記。他告訴旅館服務員，他是來艾爾摩物色地點開店的，接著詢問本

市鞋業狀況怎麼樣？是不是可以發展？

　　那服務員看見吉米衣著筆挺，儀表出眾，對他印象很好，於是客氣的告訴他，鞋業在此地很有發展潛力，因為鎮上還沒有一家專門賣鞋的商店。

　　一見鍾情的火焰已把吉米‧瓦倫丁燒成了灰燼，而拉夫‧斯賓塞是從吉米‧瓦倫丁灰燼中躍起的鳳凰。他在艾爾摩定居下來，並開了一家鞋店，生意興隆。

　　在社交方面他也十分成功，交了不少朋友。他還如願以償——認識了安娜貝爾‧亞當斯小姐，而且愈來愈為她的魅力所傾倒。年底時，他和安娜貝爾訂了婚。

　　結婚前兩星期，吉米坐在他的房間裡寫了以下這封信，寄到聖路易市一位老朋友的安全地址。

親愛的比利：

　　請你下週三晚上九點到小石城蘇利文那裡。我要請你幫我處理一些小事情，同時我想要把我那套工具送給你，我知道你一定會樂於接受的。

　　你知道嗎？我已不幹那一行了。我開了家小店，在做

正當生意賺錢，而且即將和世界上最好的女孩結婚。我結婚之後就會把店賣掉，搬到西部去，因為在那邊我比較不會有被人算舊帳的危險。

比利，我告訴你，她是個天使。她對我有信心；為了她，我痛改前非，絕不再做過去的那些壞事。你一定要到蘇利文那裡，因為我非要見你不可，工具我會隨身帶過去。

你的老朋友　吉米

在吉米寄出那封信後，班・普萊斯悄悄到了艾爾摩，他不動聲色的在鎮上無所事事閒逛，終於打聽到他想知道的事情。他從斯賓塞鞋店對面的藥房裡看到了拉夫・斯賓塞。

「你要跟銀行老闆的女兒結婚了嗎，吉米？」班自言自語的說，「嘿，我還不知道呢！」

第二天早晨，吉米在亞當斯家裡吃早餐。他準備在這一天到小石城去訂購結婚禮服，順便買些精緻的禮物送給安娜貝爾。

早餐後，他們一大家人——亞當斯先生、安娜貝爾、吉米、安娜貝爾已出嫁的姐姐以及這位姐姐兩個分別為五歲和九歲的女兒——一起出發，到鎮上的商業區去。他們先來到吉米尚在住宿的旅館。他跑上樓去拿了他的手提箱之後，他們繼續上路前往銀行。

到達銀行後，他們幾個人穿過雕花的橡木高圍欄，走進銀行的辦公室。因為艾爾摩銀行剛裝置了一個新的保險庫，亞當斯先生很引以為豪，堅持每個人都要去參觀一下。

這個保險庫不大，但有一個新式的門，而且是特製的。它利用一個把手即可同時啟閉三個堅固的鋼製門栓，並有一具定時鎖。亞當斯先生得意洋洋的對斯賓塞講解它的操作方法，斯賓塞彬彬有禮的聽著，但卻不太感興趣。兩個小女孩梅伊與阿嘉莎看著閃亮的鋼鐵和古怪的時鐘及閘柄，都十分興奮。

他們正在參觀的時候，班‧普萊斯走進了銀行，他斜倚在櫃臺上，有意無意的，不時朝圍欄裡望去。他告訴櫃檯服務員，他並沒有特別事情，只是在等候一個他認識的人。

　　忽然，有個女人尖叫了一聲，隨即一陣混亂。原來，在大人們沒有注意的時候，九歲的女孩梅伊一時淘氣，把阿嘉莎鎖在保險庫裡了，而且她還學著亞當斯先生所示範的那樣，扣下了門栓和轉動了暗碼鎖。

　　這位老銀行家一個箭步衝到門柄前，使勁拉了一陣。「門打不開了，」他呻吟著說，「定時鎖的鐘還未上發條，暗碼也未排定。」他們聽到孩子在黑暗的保險庫裡發出的微弱驚恐叫聲。

　　「我的寶貝！」阿嘉莎的母親哭號起來，「她會嚇死的！快打開門！啊，敲碎它，你們快想想辦法呀！」

　　「小石城才有人能打開這扇門。」亞當斯先生顫抖的說道：「天啊！我們怎麼辦？那孩子在裡面支持不了多久，那裡面空氣不夠。」

　　阿嘉莎的母親發瘋似的用手捶打著保險庫的門。有人甚至瘋狂的提議用炸藥。安娜貝爾一對大眼睛充滿痛苦，她對吉米說道：「拉夫，你能不能想想辦法？」

　　他望著她，脣邊掛著古怪溫柔的微笑。

　　「安娜貝爾，」他說，「把你佩帶的那朵玫瑰花給

我，可以嗎？」她以為自己聽錯了，但還是立即把襟上的玫瑰花拿了下來，放在他的手上。

吉米把它塞進了背心口袋裡，然後脫下上衣，捲起袖子。這樣一來，拉夫‧斯賓塞消失了，由吉米‧瓦倫丁取而代之。

「你們全都離開這扇門！」他不禮貌的命令說。

他打開了手提箱，從那一刻開始，他就彷彿沒有意識到周圍的人了。他取出幾件閃亮而形狀怪異的工具，一面輕聲吹著口哨，一面迅速而有條不紊的開始動作。周圍的人屏聲靜息，一動不動的看著他，似乎都著了魔。

一分鐘後，吉米的小鋼鑽已經順利的鑽進了鋼鐵門。十分鐘後——他打破了自己開鎖的最快紀錄——他拉開門栓，打開了門。

阿嘉沙幾乎嚇癱了，但是沒有任何損傷，她母親焦急的把她摟在懷裡，吉米‧瓦倫丁穿上衣服，大步走過橡木圍欄，直趨大門。他聽到身後安娜貝爾的熟悉聲音在喊叫：「拉夫！」但他沒有停下腳步。

門口一個魁梧的大漢站著，像是要擋住他。「嗨？

班！」吉米說，臉上還掛著古怪的笑容，「你終於來了，是嗎？好，我們走吧。我想現在也無所謂了。」

班・普萊斯的反應相當奇怪。「你認錯人了吧？斯賓塞先生。」他說，「我想我並不認識你。」班・普萊斯說完便轉身朝大街上走去。

|作者簡介|

歐・亨利（O. Henry, 1862-1910），本名：威廉・西德尼・波特（William Sydney Porter），筆名：歐・亨利，美國小說家。世人把他與俄國的契訶夫和法國的莫泊桑三人並列為「短篇小說之王」。

　　瞬間的善心決定扭轉了自己的一生。盜亦有道，獲得好報。吉米的動作頗有英雄氣概。他猜想自己逃脫不了班‧普萊斯的追捕，把拯救阿嘉莎一事視為他「事業」頂尖且是最後的表現。但他心知肚明，他無法再繼續下去，只好瀟灑的跟未婚妻要了玫瑰花，認真的發揮「專長」，拯救垂危的孩子。沒想到那位警探看到他的救人動作後，決定放他一馬，因為他相信這會是吉米最後一次撬開保險箱了。

　　歐‧亨利在文中對於主角的心態、做案的過程描繪得鉅細靡遺、十分詳盡，讓人不禁懷疑，這一切是不是他在坐牢期間和其他罪犯互動的結果。

佳作

[美國]　J·A·湯姆

　　那是十五年前的一個早春——這天，慘白的陽光照著剛吐綠芽的樹枝。我作為一名專門採訪治安消息的菜鳥記者，正駕車前往一處意外事故的現場，那實在是我很不願去的地方。根據警方的消息：一名男子在家中的車道上倒車時，沒看到跑到車道上玩的孫女，直接撞到她，小女孩當場死亡。

　　我把車停在其他幾家媒體同行的採訪車旁邊，看來有人比我更快得到消息，早就奔來架好攝影機跟相機。只見一個身穿工作服的白髮老人站在門前，好幾臺攝影機對著他，記者們把麥克風伸到了他的面前，七嘴八舌的提問。這位老人看來是無法接受眼前的事實，正處在極度的震驚中，只見他嘴脣發顫、淚流滿面，一句話也說不出來。

　　記者跟攝影師只見問不出什麼，暫時放過那位老人，跟隨警察進入一個不大的車庫內。那位倍受打擊的老人正

低頭注視著車道上的一個位置，那個位置有警方做的標記，想必就是小女孩罹難的位置。房子旁有個小院子，其中有一排嶄新的花臺，只見上面種滿色彩繽紛的花朵。

「我當時只想把肥料載到院子裡，新種的花需要加些肥料，」老人對我喃喃自語，儘管我並沒有向他提問，「我甚至以為她還在屋內。」他伸手指向花臺，又指向門口，最後雙手垂下，陷入了巨大的悲傷中。而我正如一個合格的記者，悄悄的走進屋內，看能否索取到小女孩的照片，接著又去訪問了現場的警察及醫護人員。

幾分鐘後，我的筆記本上寫滿了整個悲劇的經過，口袋中放著由警方提供，那位小女孩的照片，又朝醫護人員所說，暫時安放小女孩遺體的廚房走去。

我隨身背著相機，在當時相機就象徵著新聞記者的身分。警察、醫護人員、其他的記者和攝影師，所有人都已經離開屋內，只有我悄悄的避開眾人，來到廚房。

窗外透進的陽光照在一塊白布上，白布下有著一具嬌小的遺體。不知道是想避開記者，還是想再看看自己的孫女，那位祖父正坐在餐桌旁的椅子上，側對著我，絲毫沒

有注意到我的出現，只是淚眼汪汪的盯著那塊白布。

　　屋裡非常安靜，只有時鐘滴滴答答的聲音。那位老祖父慢慢蹲伏在地上，顫抖的雙手摸著白布，久久的動也不動。

　　在這寂靜無聲的時刻，記者的訓練讓我察覺到眼前的這一幕實在是千載難逢，只要把這個畫面拍下來，一定是一張可以獲獎的新聞照片。我舉起相機，調好光圈和焦距，做好構圖，只待我按下快門。

　　畫面中的每一部分都堪稱完美：身著工作服的祖父、反射著陽光的白髮、包在白布中那小女孩的身軀、居家廚房的擺設、牆上還有一幅溫馨的全家福。外面，可以看見警察正在檢查壓過孩子的後輪，孩子的父母則哭成一團，而一堆記者與攝影師正拼命的追問跟拍照。

　　我不知道在那廚房站了多久，始終無法按下快門。我強烈的意識到按下快門後的照片，會有多大的機會讓我得獎，這對我的記者生涯會有多大的幫助，身為記者的責任感與渴望獲獎的虛榮心催促著我的手指，但我深知，這張照片無疑會對這位可憐祖父造成難以抹滅的二度傷害。

　　最終，我放下了相機，安靜退出屋子。我內心對於一

個新聞工作者，什麼是該做的？什麼是不該做的？產生巨大的懷疑和無數的疑問。當然，我沒有告訴公司的主管和同事們，我錯失了什麼樣的機會。

每天在新聞或報紙上都能看到處於極度痛苦和失望的人們。他人的苦難已經成為一種可供觀眾欣賞的活動了。當我有時在看新聞報導時，總會想起那個早春的那一天。

我對於當時的選擇，至今不悔。

|作者簡介|

J・A・湯姆，美國作家。

| 凌思隨筆 |

　　生命中偶爾會出現一兩次千載難逢的成名機會，尤其對從事媒體工作者更是如此。文中的「我」在瞬間放棄了極可能「一舉成名天下知」的拍攝動作，避免給受害者及其家人帶來二次傷害，完全是良知起了作用。

　　憐憫之心，人皆有之，作者懂得拿捏取捨，相信他絕對不會製造假新聞。「佳作」帶來良心擺盪於善惡之間的衡量標準，但「我至今不悔」。

　　全文對於「我」的心理轉變刻畫得極為細膩，氛圍描繪也十分生動可信。

非常罪

[美國]　海因茨‧利普曼黛

　　兩個月前我來到美國紐約，和另外兩位也是來自德國的同鄉朋友合租一間破舊狹小的公寓，我們的房東——莫菲，是個愛爾蘭移民，身材矮小、性情暴躁，但對我們還算友善，房租也很公道。當時我們三人找不到正式工作，身無分文，只能靠做臨時工過活。

　　莫菲的妻子已經過世，他獨自扶養五個小孩，其中的辛苦可想而知，其中又以吉米的年齡最小。

　　我們所住的公寓位於南曼哈頓，是個非常落後、貧窮的社區，人口非常擁擠，大量的貧民或是外來移民都住在這裡。

　　有一天，吉米突然生了急病，似乎是很嚴重的疾病。我的其中一個室友，名叫古特，在德國就已經是專業的小兒科醫生，但卻不能替吉米看病，因為他還沒通過美國的醫生執照考試；在美國，沒有醫生執照卻行醫，可是要坐

牢的重罪。

莫菲請來的醫生是個年紀很大的義大利人，也是個老移民。先後來過兩次，開了一些藥給莫菲。但到了深夜，吉米依舊高燒不退，氣息更加虛弱，整個人完全陷入昏迷。莫菲連忙聯絡先前那位醫生，請他再過來給吉米看病，沒想到這次醫生居然不肯過來。

「這個可惡的義大利佬，」莫菲怒吼道，眼淚浸溼了他的眼眶，「我的錢不夠，上次的醫藥費還沒付，他說如果不先付清就不要再去找他。」

此時莫菲的家裡擠滿左鄰右舍，義大利的太太、白鬍子的猶太老人、波蘭的神父，當然還有我們三個德國小伙子，大家彼此討論能不能湊錢幫助莫菲，但會住在這邊的人，哪個不是一窮二白，最後我們都只能失望的搖頭歎息。

莫菲心急如焚的看著性命垂危的吉米，猛然轉身對古特叫嚷道：「你也是個醫生，怎麼能眼睜睜看著我的孩子死在你面前！」頓時，在場所有人的目光都看向古特，只見他臉色蒼白，冷汗直流。

我明白占特的掙扎，再過幾個月就是美國的醫生執照

考試，只要順利通過，他就可以正式行醫，展開全新的生活，這也是他千辛萬苦來到美國的目標。

如今不是他不肯幫忙，而是法律不允許他這麼做，如果他為吉米看病，不但會失去考試資格，甚至有可能會坐牢或被驅逐出境；然而在他面前的，卻是一個受病痛折磨、命懸一線的孩子，他內心的煎熬可想而知。

最終，古特做出了選擇。他為吉米的病情奮鬥了足足十天，十天下來，古特變得憔悴無比，幾乎快用掉他半條命。吉米總算撐過了危險期，撿回性命。不過吉米才剛脫離險境，古特反而要大難臨頭。

正好在吉米康復那一天，一群警察來到我們公寓，逮捕了古特，竟是那個義大利籍的老醫生去檢舉古特無照行醫。

這個消息在社區中引起巨大的轟動，每個人都義憤填膺。隔天全社區的人都一同趕往法院，旁聽席全都擠滿了人，超過一百個社區居民自發性來聲援古特。法官坐在審判臺上，驚訝的望著眼前這群來自世界各國的男女老少。

「古特先生，你知道你犯了什麼罪嗎？」法官問道。

古特尚未開口為自己辯駁，法庭內的一百多個人都齊聲喊道：「古特沒有罪！」

「肅靜！肅靜！」法官大聲喝斥群眾，接著指著站在證人席上的莫菲，「病患是你兒子，請你說明案件的經過。」

莫菲開始一把鼻涕一把眼淚的講述事情的前因後果。孩子性命垂危、自己的經濟狀況不佳、原本醫生的見死不救、萬不得已只能請求古特醫生進行治療……法官專心聽著，並環視著現場的一張張臉孔。

「……所以我們就來到法院，」莫菲在結束時說，「法官大人，我們來這裡是要保護我們的醫生。如果真的是違反法律，懇請您能否判我們罰金，我們已經湊六十八塊美元，如果還不夠，我們會再想辦法，古特醫生其實是為了拯救一個小孩的生命而逼不得已違反法律的。」

法官面帶微笑站起來，舉起木槌敲向桌面。「古特先生，你違反了聯邦法律！」法官說，「但你違法的原因是為了要遵守另一個更高的法律，因此我判決你無罪，當庭釋放！」

|作者简介|

海因茨・利普曼黛，美國作家。

　　文章首段交代故事發生的時間、地點，點明人物身分，也為後文吉米生病後無錢醫治埋下伏筆。結尾法官說的「更高的法律」指的是人們心中對生命的尊重，以及作為醫生救死扶傷的職責。

　　小說以「非常罪」為題，體現了作者的匠心：題目新穎，能激發人的閱讀興趣；「非常罪」即不是一般的犯罪，暗含了作者對古特「非法」救治吉米的肯定；為小說結尾法官對古特醫生的「無罪」宣判埋下伏筆。

　　小說中義大利裔醫生的出現和古特醫生形成對比，突出古特醫生的高尚品格，並使情節發展更跌宕起伏。

　　法官最後判決古特醫生「無罪」，因為他雖然觸法，但他的行為體現他對生命的尊重，和醫生救死扶傷的職業道德，法官對他無罪判決顯然是對他這一行為的肯定。

　　古特醫生的救治行為是情勢所迫，最後得到法庭上絕大多數人的支持；法官判決可能是依據當時特殊情況進行的特殊判決。法律的作用是懲惡揚善，法官的無罪判決維護了法律的這一特性。

林中遇險記

[法國]　保爾·考里爾

　　義大利南部有個聲名遠播的地區叫卡拉布里亞，人們都知道那是個凶險之地。在那裡，陌生人是不受歡迎的，而最不受歡迎的恐怕要推法國人，許多法國人因而慘死在當地人手裡。那次我出門旅行，卡拉布里亞是必經之地，更糟糕的是，我是個道道地地的法國人。

　　同行的是個年輕人，自稱對當地的路線跟環境非常熟悉。山路蜿蜒崎嶇，得翻山越嶺，這個年輕人在前面領路，到一個岔路口，他帶我走一條人煙稀少的小路，說那是一條捷徑。結果我們就迷路了，我真後悔讓一個經驗不足、不知人心險惡的傢伙帶路。

　　我們在樹林裡迷路了一整天，走到後來，我們根本就不知道自己身在何處。夜幕降臨，沒想到在樹林深處竟有一戶人家，這一看就是當地人。別無選擇之下，我們只能誠惶誠恐的去敲門。屋主很友善的讓我們進屋休息，正巧

是晚飯時間，他們很熱情的邀請我們一同享用晚餐。

　　同行的年輕人歡天喜地的入座，畢竟我們已經一整天沒吃東西，他坐下以後就肆無忌憚的大快朵頤，而我則是如坐針氈、保持警覺的觀察著餐桌上一張張臉孔，心裡揣測著他們究竟是什麼人。

　　他們個個看起來慈眉善目、熱情好客，與尋常的鄉村農民沒什麼不同，但屋裡陳設卻露了餡，牆上卻掛滿各種類型、長短不一的武器，算算竟有十幾件，有幾個男人的腰上還別著手槍跟小刀！

　　我極力掩飾內心的恐懼，卻還是露出了恐慌的神色。他們索性不理睬我，看來，這些人對我的反感不亞於我對他們的反感。

　　而那個年輕人卻毫無警覺，跟他們有說有笑、天南地北的聊著。更讓我差點昏過去的是，他竟然直接說我們兩個是法國人，還暴露了我們的來歷和去向。他還說，要是有人明天能帶我們走出森林的話，他會很高興用錢來酬謝他們。

　　天底下還有比這更愚蠢的行為嗎？請你想像一下！我

們兩個法國人在深山裡迷路，而且這個地區的居民是出了名的討厭法國人！更可怕的是，這個傢伙說他的手提箱裡有非常珍貴的東西，連睡覺的時候都要枕著才行！人家不認為裡面有金銀財寶才怪呢，其實裡面裝的只是他女朋友寫給他的情書而已。

吃完飯，主人領我們到儲藏室休息。儲藏室在樓上，中央有張雙層床，床離地很高，必須爬梯子上床。床的四周立著長長的層架，層架上擺放著各式各樣的食品，足夠他們度過一整個冬天。我的朋友立刻爬上床，把手提箱往頭下一枕，蒙頭便睡。我可不敢睡，我要熬上一夜，小心提防。

沒想到竟然一夜平安度過，年輕人睡得舒舒服服，而我是緊張到快虛脫。來到清晨，正當我以為平安無事了，卻聽到樓下傳來男主人跟妻子的對話，我立馬把耳朵貼在地板上，想聽清楚他們的對話內容。

丈夫說：「沒問題，兩個都殺掉嗎？」

妻子答：「對，都殺了。」

接下來他們說的話，我就聽不清楚了，不過光這兩句話已經讓我嚇得全身發抖、大氣都不敢喘。我們只有兩個

人，手無寸鐵，怎麼可能鬥得過這一整家的人呢？何況他們個個帶刀帶槍。此外，我的年輕朋友還沒睡醒，叫醒他又怕弄出聲響。獨自跳窗逃跑似乎是唯一的辦法，可一打開窗戶，就發現外面有兩條凶神惡煞的大狗在虎視眈眈的看門。

正當我嚇得不知所措的時候，樓梯傳來腳步聲，似乎是男主人和他的妻子，從門縫中看出去，只見男主人拿著一把明晃晃的菜刀，他的妻子跟在後面。危急關頭，我靈機一動，趁門被推開前，躲到了門後。

沒想到男主人直接走向一個櫃子，左手取下一條豬腿，割了一大塊，然後關上門，跟著妻子下樓，樓下似乎傳來烹煮的聲音，我呆呆的站在原地，完全不知道該怎麼辦。

天亮以後，他們全家人熱情的喚我們起床，在我們面前擺滿一桌豐盛的早餐！我們快吃完時，女主人又端進來一個盤子，盤子上盛著兩隻烤雞：「剛剛烤好的，送給你們，一隻現在吃，一隻你們可以帶著路上吃。」

|作者簡介|

　　保爾・考里爾，法國作家。

文中的「險」包括經過傳說中的凶險之地，森林裡迷路，投宿的人家牆上掛滿刀槍，同伴暴露底細，男女主人的對話和舉動異常。最後證明這一切全是敘述者的多疑之心造成的。

全文情節曲折生動，結尾與前文呼應，揭示謎底，既出人意料又在情理之中，表現了主人一家的熱情慷慨、體貼周到，留給讀者想像和回味的餘地。

作者以第一人稱來敘事，寫「我」看到的、聽到的和想到，使故事情節自然流暢的展開，並且更為真實、充分的展現了「我」的內心世界。

文中的年輕人扮演的形象頗有「喧賓奪主」的味道。他推動了故事情節發展。年輕人為走捷徑而迷路，引發了後面一連串的「驚險」情節。

他的直率坦蕩反襯「我」的多疑謹慎，暗示主人的善良友好；他的鬆弛與「我」的戒備相對照，相輔相成，營造了愈來愈濃的緊張氛圍。同時他的率真、淡然讓讀者更容易領會小說的主題：人與人之間應少一些提防，多一些信任。

荷蘭小英雄VS.堤防的洞

佚名

荷蘭小英雄

　　荷蘭約有三分一的國土位於海平面以下，很容易發生海水倒灌，甚至大洪水淹沒土地的災難，因此荷蘭人建造了全世界最堅固的海岸堤防，防止海水侵襲陸地。

　　在荷蘭，即使是最小的孩子也知道，必須隨時注意提防是否有損壞，畢竟堤防隨時都在遭受海水的沖刷，哪怕是一個指頭大小的孔洞，都有可能造成災難性的後果。

　　彼得的父親是一位負責看守海堤水閘的工人。彼得八歲那年，一個早秋的下午，他在運河邊玩耍。雨水使水面上漲了，波浪沖刷著海堤。

　　「我真高興有這麼堅固的堤防，」彼得讚歎的看著堤防說，「爸爸總是稱海浪是『憤怒的水』，如果堤防垮掉，這片美麗的土地將會被海水淹沒了。」

　　他不時停下來在路邊摘採美麗的藍色小花，或者傾聽

野兔跑過草地時發出的輕柔足音。他注意到太陽正逐漸西沉，天快黑了。「媽媽一定在等我回家呢。」想到這裡，彼得快跑回家。

這時，他突然聽到了一個聲音，那是水流的滴答聲。他搜索聲音的來源，發現堤防上有一個小洞，一小股細小的水流正透過這個洞滲入堤內。荷蘭的每一個孩子一想到海堤的裂隙，都會感到恐懼。

彼得立刻意識到一場巨大的災難即將來臨，一旦堤防上破了一個小洞，凶猛的海水很快會把小洞鑿成大洞，最後會導致整個堤防潰堤，海水淹沒他的家園，更可怕的是，從一個小洞到一場洪災，速度快得根本來不及找大人來修補。

他馬上扔掉手中的花束，爬下海堤，用手指堵住了小洞，水流停止了。但是不久就天黑了，也變冷了。小男孩拚命喊叫，「有沒有人？有沒有人能幫我？」但夜晚的海堤旁，根本不會有人經過，當然也沒有人來幫助他。

夜晚氣溫驟降，他的手臂又酸又麻，堵住破洞的手指又酸又疼。他一次又一次呼叫：「這裡有破洞，快來人啊！爸爸！媽媽！」

彼得靠在巨大的堤防邊上，他垂下頭閉上眼睛，但並沒有睡著，他不時用另一隻手揉一揉那隻抵擋著「憤怒的水」的手。

他下定決心，「我一定要堅守住，保護大家。」他堅守了整整一夜，把海水擋在堤外。第二天一早，一個從堤上走過的路人聽到了孩子的呻吟聲。他發現一個小男孩緊靠在海堤上。

破洞很快就被補上，工人們把堤防修理得更牢固。他們把彼得送回家，交給心急如焚的父母。不久，舉國上下都知道有一個小男孩，在那天夜裡挽救大家免於一場洪災。直到今天，荷蘭人依然紀念這位勇敢的荷蘭小英雄。

堤防的洞

太陽西下，荷蘭的一個普通農家，夫妻正在邊看電視邊享用晚餐，中間經過漫長系列的商業廣告時，母親突然發現，兒子不知道什麼時候從餐桌上消失了，於是大聲嚷嚷著，「親愛的，彼得跑哪去了？」

「奇怪？」父親盯著電視螢幕問道，「他都會待在電視前，難道跑出去玩了？出門也沒說一聲，回來得好好說說他。」

夜晚來臨了，最後，一個極受歡迎的節目結束了，彼得的父親外出去尋找他的兒子，到處叫喊著：「彼得，你在哪裡？該回家了，不要再玩了。」最後在遠處，擋住大海的海堤邊，聽到一個男孩微弱的叫聲。

他匆忙趕過去，發現他兒子蹲坐在高聳堤防邊，一隻手臂到手肘部分都在泥巴中。「你這個小蘿蔔頭！」父親大吼。「你在做什麼？立刻離開那裡！」

父親走近一看，才發現彼得一隻手的手指似乎堵在堤防的一個小洞上。他一把抓住彼得那隻乾淨的手臂，開始拉他站立起來。「不要！不要！」彼得放聲叫著，「爸

爸，不要⋯⋯堤防這兒！我認為它要⋯⋯」

「去他的堤防！」他父親吼著。「想想看，真的！沒人會付錢給像我們這樣的人去思考問題。哼，地主最近雇了兩個高薪的農業專家幫他思考！至於這些堤防，政府已經找了訓練有素的工程師來看守，他們每天都開車沿路巡邏。」

「但，爸爸，」彼得激動的哭叫著，「堤防破了一個洞，它在漏水！如果不堵住的話，海水很快就會把堤防沖垮。」

「你管堤防做什麼？」他父親說道，用力一拉，把他的兒子從堤防裡的那個所謂的洞拉開。

「不行！不行！」彼得哭叫著，掙扎著要回到堤防邊，但沒用。「我要得英雄獎章！我要在電視露面！你破壞了每一件事！讓我留下來，至少直到你把記者找來！」

「你在胡說八道什麼？是想出名想瘋了嗎？」狂怒的父親一邊叫罵，一邊拉著彼得離開堤防，朝家裡走去。「電視會永遠把你毀了！以後不准你看這麼多電視。」

當然，那天晚上堤防毀了，洪水氾濫成災。

浸思隨筆

　　把這兩則極短篇對照閱讀，會發現時空轉換的趣味性以及書寫方式的異同。

　　第一篇頌讚孩子的英勇行為，他只知道自己該做的，沒有想到他做這件事，會有什麼樣的回報，顯然是農牧時代純樸人們的單純想法：為了解救他人，不惜犧牲自己。全篇凸顯對過往美好年代的嚮往，一種牧歌式的頌讚。

　　相對之下，第二篇雖然同樣是荷蘭鄉間，同樣是孩子與堤防的故事，但出現一家三口都沉迷在電視裡。父親要等到螢幕上的節目完全告一段落後（他是現代客廳的大型活動沙發之一），才肯出去找孩子。孩子也不是單純的要拯救鄉人，只想在電子媒體上揚名立萬。父親的一席牢騷話也間接反映當代日趨嚴重的貧富差距（當然包括知識經濟），免不了會有揚竿而起或同歸於盡的念頭，更凸顯了狄更斯的名言：「貧窮是種罪惡。」

　　就表現手法來說，前者類似傳統的說書，作者一人全部包辦全文的敘述，不太講究技法。後者比較注重手法，容納更多讓讀者細思的空間，批判性也較深入。

　　忍不住多說幾句。今天人手一機（或多機）取代了可以讓全家聚集一起歡樂的電視，更展示了現代人的孤獨與寂寞。難怪有些歐洲國家已經禁止中小學孩子帶手機上學。但我們有能力去抗拒這類所謂的時代進步嗎？

價值的抉擇

知心的禮物

[美國]　保羅

　　我第一次來到魏格登先生的糖果店，是在我四歲或五歲的時候，那是將近半世紀前的童年往事。腦海中依稀記得那間可愛店鋪堆滿了許多一個銅板就能買到的糖果，我甚至連糖果的香味也好像都能聞得到。

　　只要門前的小鈴鐺聲響起，滿頭銀白細髮的魏格登先生就會悄悄走到櫃臺前，等候著客人們選擇自己喜愛口味的糖果。

　　對於兒時的我，面對店裡這一大堆五顏六色又風味各異的美味糖果，要從其中選擇一種，實在是傷透腦筋。每一種糖果，得先猜想是什麼味道，再決定要不要買。

　　每次只要魏格登先生把糖果裝入白色紙袋時，我心裡總會產生一絲後悔，也許另一種更好吃吧？或是口感更棒？魏格登先生總是把選好的糖果用杓子舀在紙袋裡，然後停一停，雖然是一聲不響的揚起眉毛，但每個孩子都知

道，這是最後可以更換的機會。當你把錢放在櫃臺上，他才會把紙袋口無可挽回的封起，也代表你不用再猶豫了。

魏格登先生的糖果店就在電車站旁邊，不論是出外搭電車或是下車，都會經過那些擺滿糖果罐的櫥窗。有一次母親帶我進城辦事，回程一下車，母親便走入魏格登先生的糖果店。

「看看有什麼好吃的。」母親一面說，一面領著我走到那長長的玻璃櫃前面，魏格登先生也照常走出櫃臺，與母親聊了一會，我則狂喜的凝視著眼前所陳列的糖果。最後，母親買了一些糖果給我，並付錢給魏格登先生。

母親每星期進城一次或兩次，在我小時候，是沒有人請保姆在家顧孩子的，因此母親去哪，總是帶著我。每次進城返家，母親總會帶我去魏格登先生的糖果店，除了第一次她幫我選擇口味，之後她總是讓我自己決定要買哪一種糖果。

那時候根本不知道錢是什麼？我只看見母親給人一些小東西，而對方就給她一條麵包或是一籃雞蛋，慢慢我心裡也有了「交易」的認知。

有次我特別想吃糖果，趁爸媽不注意，我獨自走過那漫長的兩條街口，到魏格登先生的店裡。我費了很大的勁才推開店門，門鈴發出的叮噹聲。我著了迷似的，看著櫥櫃上糖果罐。

這邊是清香口味的薄荷糖，那邊是吃起來有點像會黏牙的果凍軟糖，以及又大又鬆軟，外層亮晶晶的沙糖。另一個盤子裡裝的是做成人形的軟巧克力糖。

後面的盒子裝的是大塊的硬糖，吃起來會把你的面頰撐得凸出來。還有那些魏格登先生用木杓舀出來的深棕色發亮的脆皮花生米──一分錢兩杓。當然，還有長條甘草糖，這種糖如果細細的嚼，讓它們慢慢融化，而不是一口吞下的話，也很耐吃。

我選了很多種看起來一定很好吃的糖，魏格登先生低頭看著我：「你有錢買這麼多嗎？」

「哦，有的，」我答道，「我有很多錢。」我把拳頭伸出去，把五六個用發亮的錫箔包得很好的櫻桃核放在魏格登先生的手裡。

魏格登先生看看那些「錢」，又看看我，彷彿陷入沉

思中。

「還不夠嗎？」我擔心的問。

他輕輕的歎息。「夠的，只是你給我給得太多了。」他回答說，「我在算要找多少錢給你呢。」他走近那老式的收銀機，把抽屜拉開，取出兩分錢放在我的手掌上。

回家後，母親知道我偷跑去糖果店，罵我不該獨自出門。不知道為什麼，她並沒有問我怎麼有錢買這麼多糖果，只是告誡我，以後不准未經她的同意，就私自去魏格登先生的糖果店。而且，以後母親每次允許我可以自行去糖果店時，她總會給我一點零錢，因此再也沒發生用櫻桃核買糖果的事，而這件當時我覺得無足輕重的小事，很快就在成長的繁忙歲月中被我遺忘了。

我六七歲時，我們舉家搬遷到別的城市。我就在那裡長大、結婚成家。我們夫婦倆開了一間水族店，專門飼養外來的魚類販賣。這種養魚生意當時才剛萌芽，大部分的魚是直接由亞洲、非洲和南美洲輸入的，每對魚售價大部分在五美元以上。

某個豔陽天的午後，有個五、六歲的小女孩和她的

哥哥一起走進了店裡。我正在忙著清洗魚缸。那兩個孩子站在水族箱前，望著那些優游於澄澈的水中、美麗得像寶石似的魚類，眼睛睜得又大又圓。「好美！」那男孩子叫道，「我們可以買幾條嗎？」

「可以，」我答道，「只要你有錢。」

「沒問題，我們有很多錢。」妹妹信心滿滿的說。

不知為何？這位小女孩的神情，令我有種似曾相識之感。兄妹倆討論了好一會兒，決定要買兩條進口魚。我把他們選定的魚撈起來，放在附贈的魚缸裡。「兩手一起拿，走路時別晃太大，」我一邊囑咐著，一邊將魚交給哥哥。

他興奮的接過魚，轉向他的妹妹，說道：「你付錢給老闆。」小女孩從口袋拿出錢包，準備付錢給我，瞬間，我明白接下來會發生的一切，也明白為何會有似曾相似之感，只見妹妹從錢包中掏出一堆玩具硬幣，放在櫃臺上，然後開心的看著魚缸中的魚兒。

早已埋藏在記憶深處的童年往事，一幕幕的放映在我腦海中。這一刻，我才發現當年魏格登老先生面對的難題

有多棘手，以及他的回應是多麼的令人感動，如今身歷其境，終於體會到老先生當年的智慧與愛心。

我低頭看著這堆玩具硬幣，又抬頭望著眼前的兄妹，一時無語。想起自己也曾站在他們的位置，我明白這兩個小孩天真的心靈，也清楚當下自己對兩個孩子的天真，只有兩條路，保護或者破壞，正如魏格登老先生多年前，面對拿滿糖果的我一樣。霎時間，各樣思緒如萬馬奔騰般在腦海充斥著，兄妹臉上的神情表現出他們的期待與開心。

「我付的錢不夠嗎？」妹妹輕聲問道。「不，你們還多付了，」我竭力抑制著心裡的感觸，平靜的說，「我要找你們錢。」我從收銀機中取出兩分錢交給妹妹，再走到店門口，幫兄妹倆開門，望著那兩個小孩小心翼翼離去的背影。

我轉身關上店門時，妻子正站在我面前。「可以告訴我，你到底怎麼了嗎？」她質問道，「你知道那兩條魚市價多少嗎？」

「總共是三十美元，」我嘆了一口氣，回答道，「可是我必須這麼做。」

　　我把魏格登老先生的故事告訴她，聽罷，妻子無語，眼眶含淚，在我臉頰上輕輕一吻。

　　「至今，我還記得那軟糖的香味。」說罷，回去繼續清洗魚缸的工作，在淅瀝瀝的水聲中，隱約還能聽見魏格登老先生在我背後咯咯的笑聲。

|作者簡介|

　　保羅，美國作家。

　　這篇作品寫得非常細膩，情節前後呼應。孩子很喜歡魚，激動又高興。「我」回憶往事，眼前這兩個孩子根本就是「我」當年的翻版，不知真正的「錢」為何物及其價值。他重複了當年魏格登老先生的動作。妻子聽到「我」和她講自己小時候的事，以及剛才「我」所做的事情而感動，而且肯定「我」做的是對的。

　　魏格登老先生給「我」糖果和兩分錢，「我」給兩個孩子魚和兩分錢，都在表示長者對孩子的關愛，以及保護他們那淳樸的天真，所表現出來的愛心。

　　兩者之所以相似，是因為孩子的純真、幼稚都是天性。由於魏格登老先生對「我」小時候發生的事情影響很大，「我」的所做所為表現了愛在傳遞，一代又一代的傳承，因為愛是一條無形的鏈子，在環環相扣的形式下延續，少了一環都不行，在社會中，每個人都應該奉獻出自己的愛。

招牌

[美國]　哈里特·思勒

　　帕帕·敦特一向非常喜歡花，他經營花店已經很多年了，花店座落在一個十字路口旁。他工作非常勤奮，生活也很美滿，他甚至有足夠的錢供他的兒子約翰上大學。

　　約翰也像他父親一樣喜歡花。雖然他想上大學，但他的理想是畢業後幫助父親經營這個花店。

　　儘管店裡沒有多餘的裝飾，甚至連招牌都沒有，但全城的人都知道這裡鮮花的品質是最好的。只是花店也並非一開始就沒招牌，當年花店開張時，掛著一塊很大的招牌，上面寫著：

本店出售美麗鮮豔的花朵

　　第一個上門的顧客對帕帕·敦特說：「老闆，我很喜歡你的花店，但不喜歡你的招牌。什麼樣的花才稱得上美

麗、鮮豔？難道這世界上有不美麗、鮮豔的花嗎？何不把『美麗鮮豔』刪掉呢？」

帕帕・敦特覺得這位顧客說的很有道理，於是從善如流將招牌改為：

本店出售花

第二天，又一個顧客對招牌有不同的想法，這位熱心的顧客說：「老闆，這是你開的花店，是屬於你的，你應該把招牌上的『本店』去掉，簡單明瞭，經過的人一看就懂。」

於是，帕帕・敦特第二次從善如流，將招牌改為：

賣花

第三天，帕帕・敦特的叔叔來光顧花店，同樣也對招牌發表他的高見：「你這個花店很漂亮。」他說，「可是招牌太囉嗦，花店當然是賣花的，但你這樣寫，給人感覺

太市儈，為什麼不把『賣』字去掉呢？」

改了第三次，招牌上只剩下一個字：

花

又過了一天，一個政府官員也來考察帕帕‧敦特的花店。

「我們城裡能有這麼美的花店，實在是市民之福。」官員說：「你的花店價格公道、鮮花的品質很好、店內寬敞明亮，櫥窗也放滿最上等的鮮花。看得出你很用心在經營，而且你開店的位置選得很好，正好坐落在人來人往的街角；不過，我對於你的招牌有些想法。你的櫥窗跟店門口擺滿了美麗的花，這就是最好的招牌。人們只要經過，誰都會知道這是間花店。」

帕帕‧敦特聽從了官員的建議，索性把招牌撤下。

路過花店的人們一看到櫥窗裡擺滿鮮花，總是停下駐足欣賞。帕帕‧敦特的花店遠近聞名，成了全城最受歡迎的花店。多年過去，帕帕的花店依舊盛名不衰。

現在，帕帕·敦特要和兒子一起經營花店，他高興極了，兒子願意傳承自己一生的心血，因為隨著歲月流逝，他的健康跟體力大不如前，對於經營花店已經有些力不從心了。

帕帕·敦特問兒子：「約翰，你想為花店做的第一件事是什麼？」

「爸爸，我認為，首先得掛個招牌。每個店家，不管是賣什麼，都有招牌，我們也應該有一個。」約翰肯定的說道。

「掛個招牌？」

「對。」

「那麼，招牌上該寫些什麼呢？」

「嗯，讓我想想，就寫『本店出售美麗鮮豔的花』吧。」

|作者簡介|

哈里特·思勒，美國作家。

凌思隨筆

　　文章的標題是「招牌」，而最終我們發現這個所謂的「招牌」實際上是毫無意義的，而花店之所以興旺了這麼久，最關鍵的「招牌」是敦特父子對花店的熱愛與用心。

　　文章將花店招牌的字數多寡一改再改，將招牌表面無用的意思，通過他人的勸解一減再減，就是要讓讀者明白：表面文章永遠是膚淺與形式，關鍵是要付出真心與實際行動。

　　本文意在說明招牌只不過是一個形式，要想做好一件事需要熱情、努力工作，才能獲得成功。做任何事情都要在摸索中才能前進，老敦特的花店走向成功正好證明了這一點。

　　老敦特很有生意頭腦，經營的花店位置好、花卉品種多，加之他服務熱情周到，因而把花店打理得井井有條，這是他成功的原因。

　　老敦特誠實、謙虛、勤奮、樸實，對於自己心愛的花店兢兢業業，使自己的生意信譽都極好；小敦特熱情、有朝氣，對於父親經營花店的做法很欣賞，是一個努力追求上進的年輕人，但缺少經驗。

　　結尾處小敦特提出了當年父親最早想出的招牌，寓意就在於說明表面文章是最無用的，小敦特也將會在自己經營的過程中慢慢領悟到這一點，暗示小敦特會繼續老敦特

的經營理念與經營方法，將花店的好信譽保持下去。全文
設置懸念，戛然而止，留有餘味。

紅樹皮鞋

〔俄國〕伊凡 · 亞歷克賽耶維奇 · 蒲寧

　　碩大的風雪像個惡狠狠的巫婆般，厲聲的叫囂著，已經整整四天了，一點也不見風雪消停的跡象。

　　一個普通的農村小屋，在白雪覆蓋下，連屋內都盡是寒意，房間中的燭光昏暗又慘白。此時，這個家庭中有一個生了重病的孩子，他正躺在床上，發著高燒，時而昏迷、時而半醒著、時而哭泣，語無倫次的說要一雙紅樹皮鞋。

　　母親在床邊寸步不離，也在悲傷痛哭。她雖是心急如焚，卻又無計可施。

　　她能怎麼辦呢？丈夫出門在外，家裡只剩下幾匹老馬，風雪如此之大，根本無法騎馬外出，只能徒步走將近五十公里，去醫院請醫生來；天氣如此惡劣，又有哪個醫生願意在這樣惡劣的天氣下出診呢？

　　客廳傳來一陣聲響，是涅費德抱來一捆生火用的麥稈。

　　他把麥稈放在客廳的地板上，一面喘著氣，一面拍掉

身上的雪花，呼出一團團白色水氣，還有暴風雪的寒意。

他輕輕推開孩子的房門，透過開門的縫隙向母親詢問道：

「怎麼樣了，太太？孩子好點了嗎？」

「完全沒有，涅費德！我孩子肯定是活不成了！他總在胡言亂語，一直嚷嚷說要一雙紅樹皮鞋……」

「紅樹皮鞋？有這樣的鞋子？」

「天曉得。他現在頭腦不清楚，額頭燒得燙人……」

涅費德甩了甩帽子，陷入沉思。

他的帽子上、鬍子上、舊短皮襖上、破氈靴上都是雪花，都結成了冰……

最後，他下定決心說：「既然是他一直在期盼的東西，那就趕緊去找一雙紅樹皮鞋來給他。」

「我們連紅樹皮鞋是什麼樣子都不知道，搞不好根本沒有這種鞋子，何況，這種天氣，要怎麼找啊？」

「到隔壁村！那裡有家專賣皮鞋的店，先買雙皮鞋，再塗上紅色染料，看起來就像紅樹皮鞋了。」

「我的天！隔壁村離我們這麼遠！何況外頭風雪這麼大，你要怎麼過去？」

涅費德又想了想，說道：「不能騎馬也沒關係，走路去，風雪正大，可以推著我走……」

涅費德辭別了孩子的母親，披上一件棉襖大衣，紮緊破腰帶，拿起一根鞭子就出去了，踏著厚厚的積雪往隔壁村的方向出發，消失在大雪紛飛中。

過了中午之後，天色逐漸轉暗，世界彷彿陷入一片昏暗中。

可是，依舊不見涅費德歸來的身影。

村裡的人都認為，如果上帝保佑他順利走到隔壁村，那他一定是留在那邊過夜，隔天早上才能啟程回來。從本村到隔壁村，如果要一天內來回，那只能趕夜路，暴風雪這麼大，趕夜路太危險，涅費德必須等到隔天早上再回來，這樣最快也是明天中午前才能回到村子裡。

然而，也因為他沒有回來，這一夜更加令孩子的母親跟全村的人都膽戰心驚，家家戶戶、屋裡屋外，到處都是風雪的狂嘯聲，大家心裡都有個不敢去細想的可怕念頭：「在暴風雪肆虐的原野上，什麼危險都有可能發生。只能祈禱涅費德可以平安到達隔壁村，隔日白天再順利回來。」

深夜裡，燭火陰鬱的顫抖著，母親把蠟燭擱在床頭的地板上，孩子躺在陰影裡，儘管牆壁漆的是白色油漆，但在他眼中牆上卻充滿火紅的色彩，上面有許多美麗又可怕的怪影子在移動。有時他的意識似乎比較清醒，能清楚的說話，只不過說著說著，又繞回那雙他心心念念的紅樹皮鞋，哀求母親買給他一雙紅樹皮鞋。

「媽媽，給我！親愛的媽媽，這有什麼難的！」

母親的身子再也站不住，雙腿一軟，跪下來放聲大哭：「上帝呀，救救我們吧！上帝呀，救救我們吧！」

母親照顧孩子一夜未眠，總算熬到了隔天早上。風雪的呼號聲依舊，但隱隱約約聽到有人駕著馬車來到自家門前。

先是傳來吵雜的人聲，接著便是一陣急促的敲門聲，母親頓時心中有股不祥的預感。

原來是幾個隔壁村的農民運來一具屍體——裹在白色冰雪中僵硬的涅費德，仰面躺在雪橇車上。

這幾個隔壁村的農民從城裡回來，風雪中在田野上迷失方向亂走了一夜，天亮後，他們繼續前行，沒想到走

進一片被雪覆蓋的草地，連人帶馬陷進雪堆裡，當大家正手忙腳亂爬上來時，卻發現一雙穿著氈靴的腳豎在積雪中，他們連忙把積雪刨開，把那個人拖出來，不料是個熟人……

他們也因此得救，知道了積雪處就是通向村子的路，往不遠處眺望，就看到村子了。

而涅費德的懷裡，緊緊揣著一雙專門給孩子穿的新皮鞋，還有一瓶紅色的染料。

| 作者簡介 |

伊凡·亞歷克賽耶維奇·蒲寧（俄語：Ива́н Алексе́евич Бу́нин，1870-1953）俄國作家，於1933年榮獲諾貝爾文學獎。

蒲寧出身於沒落的貴族世家，因家計困難，故很早就輟學出外工作，先後做過許多不同的工作，其中影響最大的是擔任記者。

先後受教於列夫·托爾斯泰、契訶夫、高爾基等作家，1887年開始發表文章。蒲寧的創作生涯始於詩歌，主要成就則是中短篇小說，1892年出版第一部詩集、1897年出版第一部短篇小說。1903年以詩集《落葉》描述俄國鄉村的貧困與自然環境，榮獲普希金獎。

蒲寧著作等身，知名的作品有：詩集《落葉》，短篇小說《三個盧布》、《中暑》、《安東諾夫的蘋果》、《松樹》、《烏鴉》、《新路》、《巴黎》，中篇小說《鄉村》等。1933年以《米佳的愛情》榮獲諾貝爾文學獎。

凌思隨筆

　　每次細讀溫馨感人的作品，總會想起孟子講過的這段話：「惻隱之心，人皆有之；羞惡之心，人皆有之；恭敬之心，人皆有之；是非之心，人皆有之。惻隱之心，仁也；羞惡之心，義也；恭敬之心，禮也；是非之心，智也。仁義禮智，非由外鑠我也，我固有之也……」讀〈紅樹皮鞋〉的感受也是一樣。

　　在冰天雪地的荒郊小村裡，貧苦家庭的孩子得了重病，卻一直吵著要一雙紅樹皮鞋。爸爸出外謀生，媽媽束手無策，求醫無門，只能聽天由命。

　　幫忙送燃料的湼費德也沒見過紅樹皮鞋，卻義薄雲天，答應跑隔壁村一趟，買雙皮鞋加上紅色染料。

　　故事看到這兒，絕大多數的讀者都會意識到，這篇感人肺腑的小故事必然悲劇收場。果不其然，隔天鄉人帶回湼費德的冰冷屍體，皮鞋染料也不缺。然而這樣的犧牲值得嗎？

　　人生在世，「盡人事，聽天命」似乎成了許多人在面臨生死抉擇時的一種不得不的選擇。過往的歷史告訴我們，類似湼費德這樣的人還真不少。

　　依筆者看來，蒲寧是個典型的人道主義者，筆下人物多半如此。有興趣的話，不妨再讀讀他的另一篇短篇作品〈三等車〉（選編在《鷹的飛翔》一書內）。

我要不騎白馬的王子

[俄國]　亞歷山大・舒布尼科娃

　　有一個女孩在打水時，從井裡撈到一枚會說話的魔戒。

　　「美麗的女孩，求求你放了我吧，」魔戒哀求道，「我可以滿足你任何的願望。」

　　「真的嗎？聽好囉，我的願望是：我要一個聰明、善良、愛我的王子，要是這位王子家財萬貫，那就更好了。」女孩爽快的說出她的願望。

　　「就這麼簡單？」魔戒很驚訝，「你不要騎白馬的王子嗎？王子都應該騎著英姿颯爽的白馬啊。」

　　「不要！」女孩果斷拒絕，「這位王子必須徒步走來！」

　　「為什麼？」魔戒困惑的問道。

　　「二十年前，我媽媽從這口井裡撈上來一只手鐲。那手鐲跟你一樣會說話、有魔力，也同樣哀求我媽媽放了

他，交換條件是會滿足她的一個願望，結果媽媽就許了一個要白馬王子的願望。」

「是要騎著白馬的王子嗎？」那只鐲子問媽媽。

「沒錯，這位王子一定得騎著白馬！」媽媽回答。

「白馬要配著黃金打造的馬鞍嗎？」

「當然，就配黃金的馬鞍。」

「王子的王冠上要鑲寶石嗎？」

「對！王子要戴一頂鑲寶石的王冠！」

「王子穿的禮服要鑲滿寶石嗎？」

「是！是！是！」媽媽興奮的許完願望，就放走那只鐲子。

瞬間，一位騎著白馬的王子就出現了。那匹白馬太漂亮了！高大健美，毛色雪白，金黃色的馬鞍熠熠生輝，王子頭上的王冠更是鑲著好幾顆不同顏色的寶石！王子的禮服更是華麗高雅。

可再定睛一看，天啊！世界上怎麼有這樣的王子，身材矮小、彎腰駝背、口歪眼斜、全身上下都是酒味，言語還粗俗不堪！媽媽嫁給他後，沒多久王子就將王國和財產

敗光了，而且在得知媽媽懷孕後，就拋棄媽媽跟我，另結新歡去了。

　　所以，媽媽的人生經歷讓我明白一個道理：選擇人生伴侶時，不要注意那些無關緊要的東西。

作者簡介

　　亞歷山大・舒布尼科娃，俄國作家。

　　表面上，女孩以媽媽親身的慘痛經歷為戒，堅持不要騎白馬的王子，但心態上又自相矛盾，非「王子」不可嗎？

　　注意到文末的那句話。如果根據文中女孩的說法，「白馬」無關緊要，但「王子」又不可或缺。這種互為矛盾的說法增添了全文的荒謬性。

公正的法律

[俄國] 伊萬・安德烈耶維奇・克雷洛夫

羊和狼

狼對羊的蹂躪跟侵害，簡直到了令人髮指的地步，不知道有多少的羊兒慘死在狼爪之下。羊群在森林裡到處抗議，表達狼對羊群的迫害，所有的動物都非常同情羊，動物國的政府面對巨大的輿論壓力，不得不召開一場特別會議，商討如何能保護羊群免於狼爪的威脅。

會議的目標是希望能制定出一部可以保障羊群生命跟財產安全的法律。與會的高官中，「正巧」有幾位「德高望重」的狼群長老。

制定法條的會議在民主跟公平的程序中進行，所有出席的羊，都可以充分表達自己所遭受的傷害跟困難。最終，會議拍板定案，一條新的法律誕生，法條全文如下：

「只要發現任何一隻狼試圖傷害任何一隻羊，或是羊

群受到狼的危害，不論此狼的身分地位如何，羊都有權利掐住狼的喉嚨，將狼逮捕，提交給動物國的法庭審判。」

羊和狐狸

一隻羊被控告吃掉了主人養的兩隻雞，因此遭到逮捕，被押解至動物國的法庭上審判，而法官正是素來「德高望重、受動物們景仰」的狐狸。

羊自我辯護說：「那天我整天都躺在草原上睡覺，根本沒有靠近雞舍，而且其他的動物們都可以證明：我是吃素的，根本不可能去碰肉。」

審訊完，狐狸法官與陪審團們經過商議，最後宣判：「本庭判決，羊申辯的理由不足採信，說謊與狡辯向來是犯罪者在法庭上的慣用伎倆；羊的位置如此靠近雞舍，雞肉又是那麼的誘人，根據我們過往的經驗，如果我們是羊，一定會把雞吃掉，因此羊吃掉雞的罪名成立，羊被判處死刑，立即執行！羊肉由法院沒收，羊皮則歸雞的主人。」

馬和狗

馬和狗一起在農場工作，這天，他們討論起誰的功勞比較大。

「我們狗真是偉大啊！」狗說，「要是農夫把你開除，我一點也不會覺得可惜。耕田、拉車，固然是需要且重要的工作，但你也只能做這些低下的勞力活，如何能跟我比肩呢？我日日夜夜都做著最重要的工作，白天我保護你跟牲口的安全，黑夜裡我把守整個農場的門戶。」

「你說得挺有道理，」馬回答道，「不過你似乎忘了一件事，如果沒有我，那些低下的勞力活，像是：耕田、拉車，其實也不會有什麼需要你保護的。」

|作者簡介|

　　伊萬‧安德烈耶維奇‧克雷洛夫（Ivan Andreyevich Krylov, 1769-1844），俄國著名的寓言作家、詩人，與伊索（Aesop，相傳為《伊索寓言》的作者）、尚‧德‧拉封丹（Jean de La Fontaine，法國詩人，以《拉封丹寓言》聞名於世）齊名。

　　其寓言作品反映各種社會現象，將寓言從傳統的道德訓誡拓展至諷刺文學的領域，文字上運用樸實的俄國民間語言，並將寓言文體帶進俄羅斯的文學領域，為之後的俄羅斯文學發展奠定了基礎。

凌思隨筆

　　既然狼和狐狸都是「德高望重」的階級，羊當然應該是「待宰」的犧牲者，來襯托前兩者的「高尚」。

　　我們的社會中是否有這種「德高望重」的階級？其次，類似〈馬和狗〉短文中的狗的人相當不少。因果顛倒，他們沒感覺，也可能故意視而不見，逃避眼前的慘烈現實。

寓言四則

［俄國］　P.巴烏姆沃利

輕鬆的生活

　　她品嘗美味的佳餚；她進出高檔的公寓、善於吸引人們的注意。如果她願意嘗試的話，還可以乘著大象兜風、也可以坐在名人的膝蓋上，不過，她只是一隻蒼蠅。

可怕的謊言

　　狼說：「現在是白天。」但誰也不相信，因為現在四周漆黑一片、伸手不見五指，分明是夜晚時分。

　　「狼是對的。」狐狸說，「現在的確是白天，只是你們不知道而已，至於為什麼周圍是黑的呢？那是因為今天是日蝕。」

　　這是一句可怕的謊言，因為它很像真理。

沒有頭的野獸

森林裡冒出了一隻以前從來沒有見過的野獸：牠有四隻腳、有尾巴，但偏偏沒有頭。

不管什麼動物，甚至不管什麼東西，即使是沒有生命的，都應該是有頭的。就拿大頭針來說，頭雖然小得像螞蟻一樣，但仔細一看，它還是有頭的，而這隻野獸竟然沒有頭。

有些人就把長頸鹿視為沒有頭的野獸，因為長頸鹿的頭高過他們的視線，他們看不到長頸鹿的頭，就認為牠沒有頭。

獅子的命令

有一次，獅子吃掉了一頭野豬。飽餐一頓後，偶然在明亮的水池中看見自己的倒影；齜牙咧嘴、血盆大口、全身更是鮮血淋漓，這跟平常獅子的威風英姿相比，實在是太難看了。於是為了不再看到自己這副醜惡的樣子，獅子便把水攪混了。

|作者简介|

　　Ｐ.巴烏姆沃利，俄國作家。

|浸思隨筆|

　　四則短短的寓言都在凸顯某些動物的屬性，但細讀之後，卻發現這些屬性為某些人所擁有。

外星人的夢想

〔烏克蘭〕 謝爾蓋·申卡魯克

西多羅夫家門外站著的這幾個外星人一點也不可怕，甚至可以稱之為可愛。他們有著三隻大大的綠眼睛，兩隻在臉上，一隻在肚子上，頭上還有五個淡紫色的觸角，看上去很聰明，也很友善。

「您對我們來說非常難得，我們從幾百萬地球人中選中您，」外星人開門見山的對西多羅夫說。「這是您無上的榮幸。」

這些話外星人當然不是用嘴說的，而是通過心靈感應讓西多羅夫感受到的。他們究竟是怎麼做到的，這並不重要，重要的是西多羅夫明白了。

「你們選中我要做什麼？」西多羅夫驚恐的問。

「我們選中您，是希望您能把整個銀河系都是兄弟、所有的生命形式都應該得到平等對待的思想，傳授給地球人。當然了，這裡指的是地球人已經熟知的生命形式。」

「這到底是什麼意思？你們可以詳細說明嗎？」

「就是說，您要承擔起這個使命，就是要教會地球人善良博愛、公平正義、誠實信用和有責任感。你們這個星球迫切需要這些，否則就會澈底毀滅。但您千萬不能告訴別人說這是外星人讓您這麼做的，不然的話您也許會被關到精神病院去。」

「我明白了，」西多羅夫點點頭說。「請你們把這些話整理記錄一下，我背下來後就去傳授別人。」

「好，就這麼辦，」外星人非常高興。「我們不會透露這是外星人的倡議，所有的榮譽都是您的。」

「的確非常光榮，」西多羅夫略作沉吟。「但是關於公平正義的那些問題，電視上每天都有政客在高談闊論著。又有誰會聽我這種默默無名的小人物說話呢？」

「這個您不必煩惱，人們一定會聽的。我們會在一段時間內賦予您一種特異功能，您可以創造奇蹟。您可以讓生命垂危的人起死回生，還能讓饑寒交迫的人衣食無憂……」

「啊，」西多羅夫一聽滿臉興奮，「那我就會一夜成

名，就會成為大家崇拜的偶像。我會有新房子、新汽車，銀行裡會有數百萬存款……」

「不能，」外星人還沒等西多羅夫說完話，就斷然打斷了他。「這是絕對不可能的。沒有人會聽那些住豪宅、開名車人的教誨。」

「這我就不明白了，」西多羅夫覺得很掃興。「那我為什麼要聽你們的擺布呢？」

「您的無私奉獻會讓人類擁有一個美好的未來。您可能會飽受貧困、歷經磨難、屢遭背叛，但您的名字將會響徹整個宇宙！」

「不！不！不！不！」地球人西多羅夫用力搖著頭，他又仔細打量了眼前這幾個外星人，覺得這幾個傢伙的模樣已經不像之前看到的那麼可愛，甚至還有幾分陰險和狡詐。

「你們熟悉附近的路嗎？」西多羅夫已經在下逐客令了。

「熟悉，」外星人平靜回答。「這個地方我們已經來過無數次了。」

「是嗎？難道你們這個提議從來沒人回應過？」

「怎麼沒有？有一個人響應了，大概是兩千多年前，就是耶穌……從此以後我們一直在尋找接班人。」

「那你們趕快去再找一個傻瓜吧！」西多羅夫哼了一聲，用力關上了大門。

| 作者簡介 |

謝爾蓋‧申卡魯克，烏克蘭作家。

凌思隨筆

　　一篇諷刺意味相當濃烈的文字。雖然涉及宗教，但主旨不在於論斷宗教的終極意義或信仰的對錯。

　　文章一開始，作者藉由外星人與主角西多羅夫的對話，點出今日世界面臨的危機：地球人欠缺善良博愛、公平正義、誠實信用和責任感。外星人希望他能扮演耶穌再世，拯救世人，答應在一段時間內賦予他一種特異功能，並能創造奇蹟。沒想到主角根本欠缺濟世救民胸襟，只知熱中追求名利。他一聽到他得像當年耶穌一樣飽受貧困、歷經磨難、屢遭背叛時，馬上關門送客。

　　短短的一千多字卻勾勒出一種超越世俗的高尚情操。全文肯定了耶穌的偉大，凸顯了主角的庸俗。其實西多羅夫心知肚明，自己一直是個現實主義者，根本成不了第二個耶穌，外星人只得繼續再花費另外的兩千年，去尋找第二個耶穌。

踏實的活著

艾米的聖誕願望

[美國]　阿蘭·舒茲

艾米·哈根多思握緊扶手，一拐一拐的通過樓梯轉角處，艱難的走上樓，此時一個高大的男孩正往下衝，差點迎面撞上她。

「看路，小心點！」男孩對著艾米不耐煩的大吼。接著，男孩突然模仿艾米走路的方式，一拐一拐的走下去，伴隨著輕蔑的嘲笑聲。

艾米厭惡的閉上雙眼。

「不用理他，」她一邊說服自己不要在意，一邊朝教室走去。

但直到晚上，男孩譏笑的表情仍迴盪在腦海中，刺痛她的心，這已經不是第一次被人嘲笑了。從艾米升上三年級開始，幾乎每天都會有同學取笑她，不是笑她講話結巴，就是笑她走路一瘸一跛。艾米難過極了，常常感到沮喪、孤立無援。

晚餐時，艾米在餐桌上一言不發。媽媽知道她肯定在學校又遭到欺負，為了讓艾米能開心點，媽媽決定跟女兒分享一個有趣的消息。

「廣播電臺有個聖誕節願望的徵文活動，」她說，「寫一個給聖誕老人的願望，寄到電臺去，聽說會有神祕驚喜，我想此刻有個金黃色捲髮的小女孩可以試試。」

艾米噗哧的笑了，這個活動聽起來很好玩，她開始思考該許什麼願望好。

突然，一個想法浮上心頭，艾米鼓起勇氣拿起筆跟紙，開始給聖誕老人寫信。

親愛的聖誕老人：

我叫艾米，今年九歲。我在學校遇上麻煩，請問你能幫我嗎？我天天在學校都被同學嘲笑，因為我有腦性麻痺，走路跟說話的樣子都跟別人不一樣，真希望能有一天可以不被人嘲笑，請問你能實現這個願望嗎？

愛你的艾米

　　舉辦聖誕願望徵文活動的廣播電臺，收到了成堆的許願信，全國各地都有人寄信來。

　　當電臺收到艾米的信時，臺長仔細讀了一遍又遍，他認為必須要讓全國的民眾都知道這個特別的女孩以及她的心願。於是，臺長撥打了報社的電話。

　　隔天，艾米的照片和她給聖誕老人的許願信被登在各大報的頭版，這個消息很快就傳遍全國，報紙、廣播電臺和電視臺都相繼報導這位小女孩的故事。她只想要一個簡單但極不尋常的禮物——沒有嘲笑的一天。

　　一時間，郵差頻繁造訪艾米的家，艾米每天都會收到來自全國各地的信，信上都寫著祝福和鼓勵的文字。在那個難以忘懷的聖誕節，有將近二十萬人為艾米送來了友誼和支持。

　　艾米跟家人們仔細閱讀這些來信，其中，有許多來信的人也是身心障礙的人士，許多人小時候也曾被人嘲笑過，但如今他們鼓勵著艾米，讓艾米看到世界上到處是互相關愛的人，這讓艾米感到自己不再孤單。

　　許多人還感激艾米勇敢的說出真心話，這也是為他

們發聲，更多人鼓勵艾米抬頭挺胸的生活，把嘲笑拋在腦後。

艾米的願望實現了，從那一天起，再沒有人嘲笑她。

那年，市長把十二月二十一日命名為艾米・哈根多思日。市長說：「艾米的願望教了大家做人最重要的道理。」

「每個人，」市長說，「都希望得到別人的尊重、理解和關愛。我們有責任去實現這個最美麗的願望。」

作者簡介

阿蘭・舒茲，美國作家。

| 凌思隨筆 |

　　艾米在哪裡？艾米就在我們身邊，她也許是你的鄰居，也許是你的同學，也許是你的長輩，也許是你的親人。

　　她也許失去了健康的肢體，也許失去了明亮的眼睛，也許生活在無聲的世界裡，也許僅僅只剩下大腦在思維，可是，這些先天或後天的身心障礙者同樣需要同情與憐愛，他們同樣懂得生命的價值與感恩。這樣的思維是一種發揮「老吾老以及人之老，幼吾幼以及人之幼」精神的極致表現。

　　一生只能坐在輪椅上的英國偉大的物理學家、宇宙學家及作家霍金（Stephen Hawking, 1942-2018）用他還能活動的三根手指，艱難的寫出這樣五句話：「我的手指還能活動，我的大腦還能思維，我有終生追求的理想，我有愛我和我愛著的親人與朋友。對了，我還有一顆感恩的心。」

　　「追求理想」和「感恩的心」是人人終生必備的美德。

「畫像版瑞西」
在聖誕節前回家

［美國］　卡羅莉

　　我從未見過自己的母親，在我兩歲時，我隨著父親來到貝薩尼孤兒院，父親把我交給一個陌生的阿姨就離開了，從此我不曾再見過他，我成了孤兒，孤兒院成了我的家。長大後我離開孤兒院，尚未結婚就生下兒子瑞西，但瑞西的父親跟我父親一樣，消失得無影無蹤。接二連三的打擊使我變得憤世嫉俗，我過得非常不快樂，覺得自己的生活簡直糟透了。

　　有一天，突然接到了一通電話，竟是我那失蹤已久的父親，他表示希望能與我見個面。想起兒時被拋棄的傷痛，我本想拒絕，但瑞西聽說可以見到外公，激動不已，懇求我一定要答應。雖然很不情願，但為了瑞西，我答應了父親提出與我們同住一段時日的要求。

　　那段日子，父親與瑞西這對從未謀面的祖孫，相處得

非常開心，但我與父親之間，始終有著芥蒂，我完全無法跟他好好互動。有一天，我下班後，咆哮的痛斥主管欺壓我的惡行、怨懟這個世界對我的不公平，父親只是安靜的聽我發怒，什麼也沒有說。

第三週，我回家時，看見父親和瑞西正在一塊木板上作畫，父親說：「我們正在畫一幅瑞西的畫像，等我回加州時，會帶著這幅畫像。我打算把『畫像版瑞西』放在高速公路旁，讓好心的過路人將它送回來，我相信在聖誕節前，『畫像版瑞西』就回到你們身邊。」

我小時候，連家人都不敢指望，更遑論外人，而現在他們居然認為會有人願意把一塊笨重的木板，千里迢迢的送回來，實在太荒謬了！

到了第四週，父親要動身返回加州，他帶上「畫像版瑞西」，並在木板上釘上一個小麻布袋，袋子上寫著：「您好，我的名字是瑞西，今年十歲，我非常想趕在聖誕節前回家，請問您能幫助我嗎？我家在賓夕法尼亞州傑姆托普市，如果您要離開加州，請帶上我，到一個您認為合適的地方把我放下。這個袋子裡面，有一些寫好地址、貼

上郵票的明信片，麻煩您撿到我的時候，順道將明信片寄回我家裡，這樣就知道我走過哪些地方。祝您聖誕快樂！」

在離別前，父親輕輕的擁抱了我，滿懷歉意的說：「親愛的孩子，謝謝你接納了我……」看得出父親欲言又止，這讓我很不是滋味，可是我還是沒有絲毫挽留，我嘲諷說道：「你們真的要玩這種無聊的遊戲嗎？」父親呆了一下，隨後微笑說道：「我相信很快就會有人將『畫像版瑞西』送回來的，一定會的。」

望著父親遠去的背影，強烈的失落感油然而生，多年前被拋棄的記憶捲土重來，我強逼自己不去觸碰這個傷口，但還是忍不住放聲大哭。瑞西嚇了一跳，他抱著我說：「媽媽，外公帶走的只是我的畫像，我還在這裡陪著你呢！」看著他天真的模樣，我止住哭泣，帶他回到房裡。

一星期後，我收到來自加州棕櫚泉附近一個小鎮的明信片，是父親寄來的，信上說他把「畫像版瑞西」放在一個汽車休息站。又過了兩天，我下班回家剛進門，瑞西就

興奮的拿著一張明信片給我,「畫像版瑞西」竟然真的上路了,這張明信片來自一個叫波里納的家庭,他們將「畫像版瑞西」送到了亞利桑那州金曼市附近的州際公路旁。

第十天,我們收到了另外一張明信片,它來自馬里蘭州的愛倫‧巴頓夫婦,他們預計將「畫像版瑞西」送到維吉尼亞州。

事情的發展已經遠遠超出我的想像,教人難以置信,竟然有人願意免費送一塊笨重的木板回家!次日我們又收到了一張明信片,隔了一天,又收到了一張,看來「畫像版瑞西」已經走了一段路程。但接下來連續好多天,沒有任何明信片寄來,我猜「畫像版瑞西」可能被人丟進回收站了,我認為這塊木板能「走」這麼遠,已經很不錯了。

日子一天天過去,瑞西每天放學回家,第一件事總是去開信箱。瑞西愈在乎這件事,我愈擔心,怕他承受不了現實的打擊。

自從父親離開後,已經過了五個禮拜,聖誕節已經臨近。一天中午,電話響了,是市政廳打來的,他們說:「有人送了一塊木板畫像到我們這……」

　　對方還沒說完，我就放下電話，開車直奔市政廳。半個小時之後，我再次見到「畫像版瑞西」。市政廳的人解釋說：「木板畫像是一位先生專程從愛荷華州的埃林頓鎮送來的。由於這位先生不小心將裝明信片和地址的袋子弄丟了，只好把它送到這裡來……」

　　那天傍晚，當瑞西走進客廳，看到「畫像版瑞西」立在牆邊，他興奮的大叫起來。

　　自從「畫像版瑞西」回家後，我心中的高牆慢慢被推倒，我開始相信人、相信愛、相信人們是會互相幫助、互相信任的。我也逐漸放下心中的怨懟，試著體諒父親，我想當年他的離去，或許是有著難以明言的苦衷。

|作者简介|

　　卡羅莉，美國作家。

　　文中的「我」在孤兒院長大，又未婚生子，找不到兒子的生父，加上工作不順利，對人生抱怨連連。父親出現後，她態度冷漠，沒想到兒子與外公相處融洽，臨走前還幫外孫畫了畫像，然後帶回加州，放在高速公路旁，請善心人士接力送回。「我」嗤之以鼻，不相信會有這等好事。沒想到奇蹟發生了，讓她重新相信人性本善，也對慘遭遺棄往事釋懷。

　　雖是小說，但源自生活。讀完後滿滿的溫情，讓人對世界還充滿希望。或許這樣的事並不一定在任何地方都能夠實現，但相信在臺灣一定會，不妨試試，畢竟臺灣是個溫情滿人間的好地方。

遙遠的島

[芬蘭]　托伊沃·佩卡寧

在天氣晴朗的日子，廣闊的海面上可以清楚看到一個絕世獨立的小島；打從漢奈斯和別卡有記憶以來，他們就對那個小島懷著巨大的好奇心。

島上長著一片茂密的、異常高大的松林，遠遠望去好似一把巨大的花束，立在一望無垠的大海中。在破曉時分，陽光就已經輕撫著參天大樹的樹梢，樹梢上滿是銀白色的光芒；而當夕陽西沉的時候，太陽又彷彿依依惜別，用熊熊燃燒的餘暉，把綠色的枝葉染成紅豔豔的。

面對狂風和暴雨，小島總是泰然自若，不管風雨有多猛烈，小島依舊直挺挺立在海中，快樂而自信的迎接。浪花四濺，幾乎直飛上松樹梢頭。風在濃密的樹冠間狂暴、凶狠的猖狂肆虐。陰雨的時候，小島彷彿裹在一片灰濛濛的霧幕裡，看起來神祕得像一個謎。

「真不知道小島上有什麼？」兩個孩子互相詢問著。

　　他們想盡辦法探聽小島上的情況，常向父親跟長輩們提出各式各樣的問題，然而得到的，卻都是同樣且簡短的答案：「小島上沒什麼好看的，不要胡思亂想。」

　　不過孩子們眺望著小島，他們根本不相信大人們的說詞。他們發現，世界上有不少事物，它們的美不能打動父親的心。

　　孩子們對小島的魂牽夢縈，總是幻想著島上有許多驚奇等著他們，最終他們決定：「無論如何，一定得親自踏上那個島。」

　　不過該怎麼去呢？小島距離港口很遠，不可能游泳過去，父親更是嚴禁孩子們使用船隻，他們也不敢違抗父親的禁令。為今之計，就是等到寒冬來臨，海面上會結出一片薄冰，這時就可以滑冰過去。

　　凜冬來臨，實現夢想的日子終於來到，兩個孩子摩拳擦掌準備開始他們的冒險旅程。他們用急不可耐而發抖的手拿出了滑雪板偷偷的上路，一路上小心翼翼深怕被大人發現。來到結冰的海面上，冷徹骨髓的一月寒風刺痛他們的面頰，使他們感到像火燒似的。遙遠的太陽寒光照得

人眼花，卻毫無暖意。一路上滑得非常順利，孩子們看著前面就是在寒冷的閃光中變化萬千的目的地，於是鼓足氣力，奮力繼續向前滑去。他們心中只有一個念頭，就是踏上這個夢想之島，而隨著每一次揮動滑雪杖，小島也就離他們愈來愈近。

兩個孩子對小島有著無數的幻想，眼看一切就要成真了！所有他們夢想過的童話奇遇，不論是奇花異草、珍禽異獸、金銀財寶等等，當他們的腳踏上小島的那一瞬間，所有他們讀過的童話，所有他們夢想過的奇蹟，今天一定都會成為現實。

他們笑得合不攏嘴，眼睛也向風、向太陽和燦爛發光的雪面冰凌微笑著，他們忘記了世界上的一切，只除了一點：今天是他們的日子，滑雪板正帶著他們向遙遠的小島飛馳。

當太陽的最後一束光線在遙遠的小島上逐漸熄滅的時候，孩子們回來了。他們顯得十分疲倦、神情頹廢、一臉不甘。現實打碎了他們所有的幻想，他們從小島帶回了一個可怕的真相。他們心裡再也沒有任何希望，他們腦海中

再也沒有任何奇遇的想法，他們已經不再向小島眺望，雖然在深紅色夕照中，島上冷冽的閃光比以往任何時候都更加耀眼奪目。

他們不再眺望了，因為他們已經知道了真相，真相是赤裸裸的、陰鬱的、令人痛苦的——遙遠的神話般的小島原來只不過是一片貧瘠的荒野，滿地碎石，遍地都是暴風雨留下的痕跡，那兒只有普通的泥土和石頭，和每天踩著的泥土完全一樣，甚至更粗糙，更貧瘠。島上的樹林裡也是一些最普通的樹木，最常見的松樹，高大的褐色樹幹聳立在亂石之間，生著彎曲的、被暴風雨折斷的樹枝。

不，他們再也不想看那個小島了，無論是今天，還是以後——永遠，縱使之後生活突然變得更加陰鬱，枯燥無味和毫無意義。

這天晚上，他們躲在自己棉被裡悄悄哭了，父母不知道孩子怎麼了？他們甚至不知道自己為何流淚？為何如此難過？為何今晚難以入眠？

| 作者簡介 |

托伊沃・佩卡寧（Toivo Pekkanen, 1902-1957），芬蘭作家，從小家庭經濟貧困，年紀輕輕就必須出外工作負擔家計，因此並未受過太多正規教育，靠著自學成為芬蘭文學史上重量級的作家，作品中有大量描述勞工生活的內容。

著名的作品有：《工廠的陰影》（*In the Shadow of the Factory*）、《我的童年》（*Lapsuuteni*）。

凌思隨筆

　　對文題〈遙遠的島〉的理解：字面意思是指水面上那座孤獨的小島。實質上寓意孩子遙遠而未實現的夢想。

　　有人認為孩子們的探險活動是失敗的、沒有價值的，也有人認為這是頗有意義、很有價值的，因為要真正認識一個地方單靠遠遠的觀望是不夠的，還要到實地去走走。我們有很多夢想，當我們真的涉足其間，卻突然大失所望。不是每個故事都有圓滿的結局。

　　遙遠的島是種象徵，美麗未來、美好理想的象徵，啟迪我們要像孩子一樣積極追求、不斷努力，但又不能像孩子一樣遭遇失敗而垂頭喪氣。所有的美麗追求就像文中小島一樣，即使只是一個美麗幻景，而人生樂趣和意義已經隱含在執著的追求之中了。

　　全文的鋪陳不脫「在家、離家、返家」的基本模式。兄弟在家對遙遠的島充滿幻想，等親自登島一遊，發現真相，幻想破滅，返家後暗自悲傷，人生旅途中往前邁開一大步，就是一種成長。

鳥獸的宣言

[法國]　威爾倫

　　雖然因為一些因素而延後，但第二屆動物代表大會依舊盛大召開，所有的動物們踴躍參加。與首屆在諾亞方舟上舉行的動物代表大會「與人類同生共死」的宗旨不同，這次大會的宗旨是「團結起來，戰勝人類」。

　　平常膽小慵懶的蝸牛搶先發言：「自從人類把我們的位置從諺語中移到餐盤上後，我們族群的命運就遭遇巨大的災難，這使我們明白，對人類忍讓只會讓他們變本加厲！人類是動物的頭號公敵，我認為我們要團結起來，打倒人類！」動物們群情激憤，各種響亮的口號此起彼落。

　　麻雀唧唧喳喳的接著發話：「我們只不過愛吃點麥子、愛唱點歌，人類就拿彈弓甚至獵槍攻擊我們，還把我們巢裡的蛋一塊兒吃掉，這豈不是要滅絕我們嗎？」所有的動物聽了都落下憐憫的淚水。

　　蛇抬起頭開口了：「所有的蛇都被冠以邪惡的罪名，

人類殺害我們、榨取我們的毒液、扒下我們的皮、把我們的肉燉湯釀酒，我們每天都不知道能不能見到明天的太陽，因此我們必須擰成一股繩，才能戰勝這些喪盡天良的惡魔！」說到這裡，蛇不由自主的用尾巴挽住了麻雀的翅膀，而所有的動物也都手牽著手，場面極其壯觀感人。

野豬喘著粗氣吼叫道：「我們的生命受到威脅就是因為我們的肉，人類對我們好，絕不是安好心。把我們的同胞養肥後，就一刀宰殺來吃。絕不要指望人類對動物會有好心，人改不了吃肉！」牠握緊雙拳捶打著自己的大肚子，「該向人類宣戰了！」臺下掌聲雷動。

獅王的聲音震得所有動物的耳朵都嗡嗡作響：「作為萬獸之王，我們獅群的命運竟然比你們好不了多少，死後我怎麼去見神聖的造物主！我們之所以會被人類保護，就是因為人類的獵殺，快將我們滅絕！」獅王停了一刻，為的是把悲憤的控告轉換成有力的號令，「我宣布，從今天開始，正式向人類宣戰！」

所有的動物都唱著激昂的進行曲，走向對抗人類的路上，準備來場迎頭痛擊。只是遇到一個問題：這時所有動

物的肚子都有點餓了，於是麻雀吃了蝸牛、蛇吃了麻雀、野豬吃了蛇、獅王吃了野豬。獅王看著同袍死絕，僅存自己孤身一人，便走進了動物園的鐵籠裡。

|作者簡介|

威爾倫，法國作家。

　　這篇文字雖然寫的是鳥獸們的言行，但細細品來，其所傳達出的思想卻很豐富，讀後讓人警覺，令人深思。

　　本文寫第二屆天下動物代表大會上，鳥獸們為了自身的生存益處，決定「團結起來，戰勝人類」，但是在向人類發動攻擊的路上，他們為了生存，竟然弱肉強食，不戰而亡。

　　本文絕不是一篇單純寫鳥獸的文章，作者想借著鳥獸的言行告知我們人類：無論在任何境況下，精誠聯合和信守誓言是至關重要的，哪怕是在存亡生死的時候。

　　初讀本文，你大概以為它是一篇講環保的文章，乃至在文章的倒數第二段獅王宣告宣言時，你仍會以為作者是想借動物們之口控告人類對自然環境的毀壞，直到讀到文章的末端，我們才豁然開朗，才領悟作者並沒有走入俗套，而是在人們常用的題材中另闢蹊徑，翻出了新意。這時我們不得不敬佩作者欲抑先揚的手腕用得巧妙及渲染鋪陳到位。

　　作者在選材的時候，早已為這些動物們配置了一條食物鏈。他竭力寫牠們在大會上慷慨高昂的發言及發言時其餘動物「輿情激怒，翻天覆地的標語聲此起彼伏」、「所有的動物都落下了憐憫的淚水」、「所有的動物都手拉著手，場面極其壯觀感人」、「臺下掌聲雷動」等呈現，原

來是不停在為文章的末端蓄勢。

　　作者將牠們一捧再捧，目標便是在末端處重重摔打牠們，來達到嘲諷的目的，進而起到警覺的作用。

　　聯合必要配合的根基和利益，鳥獸的聯合利益便是為了生存，抵制人類，戰勝人類。在這一口號下，它們集結在一起，聯合聲討人類。然而，一落實到具體動作中，就出現了問題。鳥獸中的不調和的內部抵牾擊垮了這個團隊，這個抵牾竟然也是生存！最後獅王別無選擇，只能乖乖「走進了動物園的鐵籠子」，嘲諷性十足。

恐懼之外

〔美國〕 露絲・斯特林

　　儘管呼吸困難，甚至開始緊張的喘氣，大偉仍舊奮力攀爬上那塊岩石，岩石掛著他的衣服。站在頂端，俯視遼闊的大海、陣陣海風呼嘯而過。大偉只用一條毛巾裹住顫抖又瘦小的身軀，雙手因緊張而搓揉著。總算來到這一刻，一切都要結束了，他感到無比暢快，到了這個當口，已經沒有任何人、事、物能阻止他往下跳，不論是聳立在洶湧的波濤上的尖銳石堆、冷冽的寒風，甚至是他父親憤怒的咆哮。

　　大偉依然記得父親掌摑在他臉頰上的那記猛烈的耳光，他父親叫嚷道：「要不是你已經十六歲了，我真想好好揍你一頓。小心點，知道嗎？」但無論如何，他已經爬到這裡。佇立在這個形似巨人指頭指向大海的岩石堆，往下俯視，所在之處至少離海面將近五公尺。大偉明白這件事的危險性，他不是不害怕，倘若真的縱身而下，他可能

就會身受重傷，甚至腦袋開花，像六年前那個瘋狂的孩子一樣。

「從那以後，村裡所有的人都離得遠遠的，」大偉的父親朝他吼叫，並再次掄起拳頭，作勢想揍他，「除了我這個該死的蠢兒子。」

自從六年前有個孩子往下跳而發生悲劇之後，這個石堆頂端成了村裡所有孩子的禁區，所有的父母都不准自己的孩子靠近這裡。

就當他是個該死的蠢蛋好了，大偉邊回想著父親的咆哮，邊在大石塊的陰影下穿好衣服，但事已至此，說什麼都不能回頭了。

在地平線的另一端，一道白光橫亙天際。大概一、兩個小時後，那些從城裡來的觀光客，會在沙灘擺滿遮陽傘、海灘椅及游泳圈，讓他們那抹了防晒油的蒼白皮膚，沐浴在陽光下。他們不會總是待在沙灘，偶爾會開著車，在村裡四處閒逛，常是為了要物色些古董家具或藝術品來裝飾家裡。

對村民而言，不論是一只松木盒子或一張木製搖椅，

在賣出去的當下，皆是心痛不已；但一想到急需的食物及生活必需品，也只好咬緊牙根，無奈的完成買賣。

同樣的事也會發生在大偉和他父親的身上。當時，他們正忙著修理下陷的門、窗框和地板，突然經過一個陌生的路人，開口問道：「小夥子，你們當地人冬天都做些什麼？」大偉先是加把勁，用鐵鎚朝釘子敲下，再轉頭答道：「我們只是努力求溫飽而已。」通常他都不會對陌生人多說什麼。

然而大偉卻不介意跟安德登先生聊聊天，安德登先生是來自波士頓的物理教師，幾個星期前才剛在這兒買下一棟舊農舍。安德登太太好幾次招待大偉享用餅乾及牛奶，而安德登先生總是會靜靜聆聽大偉說的話，包含那個他從未向任何人透露的夢想，他想上大學，希望將來能成為一個飛行員或工程師。

大偉感到納悶，為什麼他會向一個陌生人傾訴這些心事？或許因為安德登先生正是吉妮的父親。吉妮，那位像火焰一樣的女孩，機智、敏捷、有著一頭金髮、甜美的笑容，以及一張意氣飛揚、自信滿滿的臉龐。

大偉暗自嘆口氣：「我又在胡思亂想了！」他用毛巾把溼漉漉的身體擦乾並包裹著，急忙奔向返家的路，暗自祈禱著父親還在睡覺，自己可以神不知、鬼不覺的溜回床上。但是，父親早已守在家門口，在布滿辛勞歲月痕跡的臉上，雙眼顯得特別深黑；父親的手掌也異常的寬大有力，是雙能打鐵、鋸木、還能揮拳揍人的手。

大偉看到父親時，驚恐的愣在當場，然而父親並沒有發怒，只是嘆口氣，說道：「進來吧，兒子！把早餐吃了！我不打你，打了也沒用，我只是想弄明白為什麼你想去練習那愚笨的跳水特技。」

大偉與父親擦身而過，走進了廚房。

「爸，拜託你別問。」

他心裡想著。他如何解釋這一切，一切源自兩個禮拜前的一個下午。當時，他站在公園的涼亭裡，看著一對對的男女在廣場上跳著雙人舞，一位身著白色洋裝，全身散發出月色般光輝的女孩，伴隨著如銀鈴般爽朗的笑聲，笑彎了腰。霎時間，大偉覺得心顫了一下。隔天早晨，大偉正在安德登先生家量門廊的尺寸，以便切割一些新木板來

裝修，突然，紗門「碰！」的一聲被打開，一個女孩跑過他身旁，卻突然停下來。大偉心跳加速，竟是昨晚那位女孩。

「我的天！」她說，「我沒踩到你吧？」她在陽光下看起來是如此耀眼！大偉說不出話來，只愣愣的搖搖頭。就在那時候，一輛紅色的敞篷車開了過來，一個理著平頭，穿著馬球衣的男孩，大聲喊著，「好了沒，吉妮？」

接著，她穿過草坪，迅速坐上敞篷車。吉妮和克林頓·亞伯理交往有一陣子了。克林頓擁有一輛紅色敞篷車，住在一棟夏季別墅裡（這原是一位船長的房子）。晚上，他是吉妮的舞伴，當他穿著米白色的夾克，領著吉妮在公園的舞池裡翩翩起舞時，是那麼壯碩、魁梧；下午，當他在碼頭表演跳水時，吉妮則會站在岸上為他大聲喝彩采。

「你一向是個穩重的孩子，」父親告訴他，「海邊高處的岩石堆很危險，不要去那邊跳水，想跳水，在碼頭跳就可以了！」大偉的思緒被父親給拉了回來，他輕蔑的笑說：「碼頭是給城裡來的男孩用的。」

父親微笑著說道：「或許是吧，孩子，總之，千萬要注意安全。」

「爸爸，我向你保證，我會照顧好自己的。」

城裡來的男孩們也知道岩石堆那個地方。一個禮拜前的某天傍晚，大偉正卸下門廊最後一塊木板，而吉妮在院子的草坪上正招待朋友們甜點和檸檬汁，此時，克林頓說，「自從那個男孩過世後，再也沒人敢去海邊的岩石堆跳水了。」

「你們有人敢去嗎？」吉妮隨口問道。大偉站了起來，撥一下額前散亂的棕髮，「我敢！這沒什麼好怕的。」話音剛落，他才驚覺自己做了一件蠢事，一粒斗大的汗珠沿著鼻尖落下。吉妮吃驚的望著大偉，而克林頓也面帶挑釁的盯著他看，問道：「你有去那跳水過？」「沒有，」大偉說得很慢，「去那跳水，真的沒什麼好怕的。」

克林頓看了看其他的人，說道：「他在說大話。」

大偉在工作服上擦了擦雙手的汗水，然後蹲下來繼續工作。有個東西輕輕的碰了他的臂膀，他抬起頭來，原來

是吉妮正端著一杯檸檬汁站在他面前，「大熱天工作，一定很渴吧！拿著，這杯檸檬汁給你。」

大偉一口氣喝光，「謝謝你，吉妮。」

克林頓大聲嚷嚷著，「要喝，他自己可以到廚房拿。」

吉妮笑了笑，看著他，「還想喝嗎？」她問道。大偉搖搖頭，抓起鐵鎚，奮力的敲打，將木板釘牢。心中對自已說道：「我要讓他們瞧瞧，我一定要讓他們瞧瞧……。」

正值七月中旬，所有人的工作進度都慢下來了。只有大偉總在黎明前，奮力練習，只有鷗鳥與他共享這份孤獨。他不斷升高起跳的高度，每次站上更高的岩石堆，他就用指甲在石塊上刻下一道痕跡。有一次，一不小心，在跳水的過程，擦撞到肩膀，流了不少血，但這並沒有讓大偉退縮，反而更加勤奮練習，直到他落水的姿勢變得又筆直又準確，能夠精確判斷岩塊間的距離為止。

他黑了、瘦了，壯碩了、肌肉更結實了，這意味著他終於準備好了。

第二天，他帶著中餐到海邊等候。當吉妮穿著黃色的泳裝出現在海灘上，大偉朝她揮手呼喚著，吉妮也回以熱烈的揮手。霎時，大偉失去了理智，他內心有股巨大的衝動。他不是走向吉妮，而是朝著最高的岩石堆攀爬上去，那裡沒有他練習時做下的記號，因為大偉根本未曾上去過最高處。站在最頂端的石堆俯視，海水洶湧流動，至少有五公尺的高度。他做得到，而且他必須做到。四周不斷有人聚集過來，碼頭上的城裡男孩也向這邊張望，大偉繃緊全身肌肉，擺好預備的姿勢。突然傳來一個女孩的叫聲：「快下來！不要這樣，大偉！」他朝下一看，吉妮正向他伸出雙臂，乞求他停止，大偉凝望著她。

　　「大偉，下來。拜託你，下來好不好？」她大聲呼喊。吉妮焦急的語氣使大偉猶豫。他往後退了一步。但是當克林頓叫囂著：「怎麼了？沒膽了嗎？」他緊握拳頭，再次向前踏出一步。這次他不會再退縮，也不能再退縮，大偉相信自己一定辦得到。

　　「大偉……」吉妮聲音中透露出恐懼，「大偉，我求你別跳！」頓時，他明白了，吉妮是對的，父親也是對

的，這只是一個有勇無謀的衝動表現，雖然他一定做得到。他蹲下來抑制想跳下去的衝動，把頭埋進雙手間。下面傳來一陣陣嘲笑的聲音，不知為何，克林頓的笑聲格外響亮。

他企圖將眼淚擠回去，但無論如何，臉頰早已布滿淚痕，連手掌都已經溼了。不知過了多久，當他抬起頭時，看熱鬧的人群早已散去。只有克林頓和吉妮站還在岸邊，看著他緩緩沿著岩壁下來，他筋疲力盡。克林頓和吉妮同時走向大偉，吉妮一臉哭得慘白，而克林頓，滿臉輕蔑的訕笑著，「你站在上面，看起來真像奪得錦標的選手。」

大偉十指緊握，心裡的波濤只怕比海浪更洶湧，然而吉妮卻走向他，挽起他的手臂，他緊握的拳頭漸漸放鬆。

「謝謝你沒跳下去。」

她輕柔的說。大偉多想告訴她，要承受克林頓嘲笑他是儒夫、膽小鬼，比從岩堆上跳下去困難太多了。但他不知道該如何解釋這兩者的差別。任何一個孩子，都可能有膽量、衝動的從懸崖上往下跳，但只有一個成熟的人，才具備使自己免於荒謬的膽識。

「我並不是膽小鬼，」大偉說，「我不怕跳水。」

「我知道，」吉妮回答道，順勢握住大偉的手。

「但是你剛剛所做的，卻需要更大的勇氣！」他們相偕走了，只留下克林頓傻傻的呆站在原處，不過大偉絲毫沒有察覺。他一心只想著：她一定知道，她是明白的。大偉以前總是想像著：戀愛，到底是怎樣的一種感覺。

|作者簡介|

露絲‧斯特林，美國作家。

┃ 凌思隨筆 ┃

這是一篇典型的成長小說，因為它道盡成長的坎坷、成長的見聞、成長的喜悅、成長的苦惱、成長的困惑和成長的得失。我們不妨分幾個層面來剖析。

一、人物刻畫：主角大偉是貧苦人家的小孩，想力爭上游，成為醫生或工程師。父親管教嚴格，一直反對他「跳水」。文中多次提到父親的警告，既強調岩堆的危險性，為下文情節的發展作鋪陳，又反襯出大偉「跳水」的魯莽，還擬設懸念，推動讀者的猜疑，讓讀者深入反思。

他要在心中喜愛的吉妮面前顯示自己的勇氣，也不能在城裡男孩面前示弱退卻。他處在叛逆的青春期，要挑戰危險。相對之下，美麗、熱情、開朗的女主角吉妮性格並不複雜多變，是個扁平人物。另外，來自大城市的克林頓與大偉的對立緊張為情節和人物心理設置了障礙，展現一種延遲的結構效果。同時他的挑戰和嘲笑是大偉冒險跳水的原因之一，推動著故事情節的發展。全文只有大偉是圓型人物。

二、勇氣的不同層次：「跳」是一種魯莽的勇氣，「不跳」是一種理智的勇氣。「理智的勇氣」高於「魯莽的勇氣」，因為「要忍受克林頓笑他怯弱比從岩堆上跳下來難多了」。這句話告誡人們冒著生命危險換得的虛榮是魯莽無知的。

真正的勇氣是面對險境時，能有理智、正確的判斷和選擇，同時面對人們的譏笑也能泰然處之。任何一個孩子都可能有膽量從懸崖上往下跳，但只有一個成熟的人，才具備使自己免於荒謬的膽識；挑戰需要勇氣，但在衝動之中，理智和理性的回歸是更可貴的勇氣。

　　或許有人會讚賞跳的勇氣，雖然有點魯莽，但挑戰危險更能體現人的大無畏的精神，因為有時科學的進步、人類的文明也需要點冒險精神。各有堅持，見仁見智。

　　　整篇作品集中筆墨寫了大偉想要跳水的場景，中間穿插了大偉與吉妮相識、相交等情節，情節緊湊又跌宕起伏，人物個性鮮明。

　　三、恐懼之外的言外之意：文章標題「恐懼之外」意蘊深厚，令人思考，在恐懼之外，究竟還有什麼呢？或許是勇敢，或許是理智，或許是關愛。

巧妙的乞討

[美國]　莫瑞爾‧納恩

　　當我聽到丈夫被開除的消息，當下的恐懼令我至今依然心有餘悸，回想起來依舊不寒而慄。

　　那時我們結婚十年了，我向約翰表露了對這惡夢般遭遇的憂慮，約翰向我保證，他一定會盡快找到新工作來維持家計。我們家有三個不到五歲的孩子，還有一個即將就要出生了，約翰是全家唯一的經濟支柱。

　　「生活還要繼續，」約翰說，看來他比我樂觀得多。「我們至少擁有健康、年輕力壯，工作再找就有。況且，公司還會持續發三個月的薪資，三個月已經足夠我找到新工作，不用太擔心。」

　　約翰畢業於頂尖大學，具有豐富的工作經驗，學經歷都非常優秀，我相信他的自信是有道理的。約翰年少喪父，因此他很早就扛起照顧母親和弟妹的責任，他還曾是奧運選手，懂得如何面對困境，也是一個努力工作的好員工。

但幾個月過去了，他仍未找到新工作。我愈來愈害怕，對他的「樂觀」也開始動搖，如果他一直找不到工作該怎麼辦？若不是有孕在身，我還可以重回學校教書，尷尬的是距離我們第四個孩子的出生已經不到三個月。

我們所剩的存款已不多，分期的貸款已經積欠了兩個月，又沒有其他收入，我得想辦法開源節流，最後連吃飯錢都快沒有了。

有一天，我帶著孩子逛超市時，注意到一個男孩正往紙箱裡裝熟過頭的蔬果和一些過期的食品。我大膽的上前詢問，這些食品會送到哪裡，男孩說：「低價販賣，沒賣掉就只能扔掉了。」我看著那些胡蘿蔔、芹菜和番茄，足夠我們全家吃幾個星期。我思量著，如何能體面的為孩子們討些食物呢？

我看了一眼三個飢腸轆轆的孩子，一咬牙說道：「我們家有飼養一隻稀有的蒙古兔，我需要給牠買些食物，這兔子是蒙古來的，食量很大，需要吃很多東西。」

男孩很乾脆的答道：「既然是給兔子吃的，那我就不收錢了。」那天，他一共送給我們五箱食物，還幫忙我抬

上車，畢竟我現在身懷六甲，一邊幫忙，一邊跟我聊天。我講我們即將有一個孩子出生，他也講了自己的狀況。他叫傑夫，是個大學生，家裡有五口人，經濟上也是相當拮据，會來超市工作，是為了賺錢付學費。

從那次開始，每當我在超市遇到傑夫，他總會把那些要被淘汰的蔬果或是即將過期的食品留下來給我。「這些花生、玉米和乳酪其實還可以吃，但按規定卻要扔掉，實在可惜，我想那隻蒙古兔應該會喜歡吃這些東西，」他解釋為什麼要送這些東西給我們。幾個月後，我們發現箱子裡還經常會有洗衣粉、牛奶、果汁、火腿……各種東西愈來愈多。後來每次傑夫收集滿一箱「兔食」就會打電話給我，有時還會順道送上門。他從未問過兔子的情況，也沒說想看看兔子，每次都是放下箱子就離開。

第四個女兒出生時，我喜憂參半，既開心孩子健康順利出生，又擔心未來的家庭開支，多個孩子代表需要更多奶粉、衣服，甚至看醫生的費用。「上帝啊，求求你，」我哀求道，「你曾許諾，我們的苦難不會超過我們所能承受的範圍。現在我們該怎麼辦？」這時丈夫走進產房，對

我說：「我有一個好消息，跟一個壞消息。好消息是我今天找到一份很好的工作，你不用再為家裡的經濟擔心。」我閉上眼睛，感謝上帝對我們家的恩賜。「壞消息是，」他繼續說道：「那隻蒙古兔子不見了。」

後來我再去那家超市，發現傑夫已經不在那裡工作了。詢問之下才知道，當我女兒出生的前後，他搬離了原先的住所，也沒有留下新的地址跟聯絡方式。

我暗自發誓，一定要回報那些曾在我們最艱困時幫助我們的人。此後十年，我履行自己的誓言，但我始終沒有遇到傑夫，也打聽不到他的聯絡方式。直到十年後的一天，我遇見傑夫站在超市大門前，胸前佩戴著「經理」的員工證。

對一個曾幫助過你並同時維護了你自尊的人、一個曾向你伸出援手而不貶低的人、一個相信你家中有養一隻食量超大的蒙古兔的人，你該如何表達自己的感激？對於傑夫如今的職位，我一點都不意外，他具有同理的天賦，懂得如何傾聽人真正的需求。

「納恩太太！」他興奮的說道：「我經常想起妳和你

們一家，還有那隻蒙古兔，不知道牠現在如何？」他輕聲
的問道。

　　握著傑夫的手，我眨眨眼，低聲說：「謝謝你的關
心。那隻兔子很久以前就離開我們了，如今我們家過得很
好。」

｜作者簡介｜

　　莫瑞爾・納恩，美國作家。

　　一篇十分富於人情味的小故事。主角只有兩個：敘述者「我」和傑夫。

　　作者利用「我」第一人稱來敘述，增加故事的可靠性，展現她的內心深處對傑夫的感激之情，也讓讀者對傑夫的做法有了更深的認識。

　　用「我」的形象襯托傑夫，「我」親身感受生活的窘迫，使得他的幫助更有意義；「我」的發誓回報，體現了她的善良品格。

　　相對的，作者對傑夫的刻畫也相當成功。他善解人意，「我」說蒙古兔，他瞭解實際上是替孩子找食物；他有同情心，把超市的過期食物送給她，而且「從來沒有問過小兔子的情況。」送的食品愈來愈多。同時他靠著自己的努力完成學業，成為超市的經理。他伸出援手，及時幫助一家陌生人，令人感動。

知音

約翰‧貝里

　　不知是出於個人的愛好還是生計所需，小個子提琴手魯道夫總是獨自駕小船，在斯堪地那維亞半島四處漫遊，在那些小小的海港城市舉辦個人音樂會。如果能找到伴奏者，那當然很好；沒有人可以幫忙伴奏的時候，他就演奏一些不需伴奏的樂曲。偶爾他特別想要鋼琴給他伴奏，他就在腦子裡想像有人幫他彈琴。這樣，即使沒有鋼琴，他也可以把為提琴和鋼琴譜寫的奏鳴曲順暢的演奏完。

　　有一年，魯道夫渡海到了冰島，沿著崎嶇的海岸，在一個個小城鎮裡巡迴演出。這是一塊肅穆、冷峻的土地，可是這裡的人民卻有好客的傳統。因為他們知道，也許某一天上帝也會使他們成了身在異鄉的外地人。

　　魯道夫的聽眾並不多，即使在他演奏到最精彩樂章的時候，他們往往也是面無表情。從古早時候起，這裡的人們就把精力全都用在辛苦的勞動上。有時魯道夫會把居民

召集起來，告訴他們關於貝多芬、巴哈、莫札特的知識，但人們往往只是呆坐在那裡，瞧著這位小提琴手講些他們聽不懂的東西，最後禮貌聽完，安靜的離開，像是聆聽牧師的講道，只不過他們是會付錢的。

這一次，魯道夫又駕起他的小船，從一個小城出發到另一個地方去。忽然東北方的天空變得昏暗，一場暴風雨就要降臨冰島。這時他正繞著一個荒涼、險峻的海岬航行。他打開地圖，發現最近的港口也要半天的航程才能到達。他開始擔憂起來，但忽然發現離岸邊一公里多的地方有個小島，島上有座正在發光的燈塔。他費盡力氣把小船靠向小島岸邊，安頓好小船後，向燈塔走去。燈塔建造在懸崖上，沿著山壁有一道階梯，拾級而上，便可以到達燈塔的入口。在狂風暴雨之中，魯道夫向上仰望，有一個人正站在懸崖邊。

「歡迎您！」聲音在峭壁間嗡嗡響著，替席捲而來、拍打小島的波濤壯大聲勢。天很快就暗了下來。小島唯一的主人帶著魯道夫順著螺旋階梯爬上燈塔的頂層，然後就忙著去做面對暴風雨的準備。他的主要任務就是看守燈

塔，確保燈塔終年保持明亮，看顧著這一片海域，向這片海域的每一艘船，傳遞著無聲的訊息。

守燈人是個魁梧的老人，花白鬍鬚垂在胸前。他的行動穩重、不慌不忙，在自己的小天地裡，有條不紊的進行著一切。他不大講話，比起其他那些讓他忙活的東西——海洋、暴風、大雨，他平和的態度與外部世界形成強烈對比。

簡單的晚餐之後，兩人對視坐著，各自想著對方的存在。燈塔在頭頂上熠熠閃光，咆哮的風浪一下又一下重重撞擊著燈塔下的峭壁。眼下的氣氛有些微的尷尬，為了拉近彼此的距離，魯道夫主動請對方抽菸，又忽然覺得這個邀請顯得有些幼稚。老人微微笑了笑，搖頭表示拒絕，好像他對這些東西沒有任何企求。他靜靜的坐在那裡，像是在沉思，一雙滿布辛勞歲月痕跡的大手放在兩腿上。

魯道夫覺得，守燈老人一定也能感受到那撞擊著燈塔的驚濤駭浪，但他對這些太熟悉了，好像他的心跳和血液不自覺的流動。儘管老人言談上對魯道夫多是沉默以對，但已經勾起魯道夫對他的好奇心了。實際上他已經把魯道

夫神不知鬼不覺的變成了他世界的一部分。

魯道夫慢慢從老人口中得知一些關於他身世的訊息。八十三年前他就在這座燈塔上出生，當時他的父親也是守燈人。教他讀《聖經》的母親是他所認識的唯一女人。他每天讀《聖經》，再沒有其他書可看。

當音樂家的魯道夫也沒多少時間讀書，但他畢竟一直生活在城市裡。他起身，從琴盒裡取出他那把心愛的小提琴。

「這東西是做什麼用的？」老人問。

起初魯道夫以為老人在開玩笑，但看到對方泰然的表情，他才知道並非如此。老人甚至絲毫沒有表現出對樂器的好奇，而只有對他，包括他的那件「東西」在內的整個人的興趣。

在平時，魯道夫絕不相信世界上有人會不知道小提琴。而現在他不想笑，他只感到世界太大，而自己見識還太少。

「這是一種樂器，我用它來……演奏音樂。」他結結巴巴的回答道。

「音樂？」老人緩緩的說，「噢，聽說過，可是沒親眼看過。」

「音樂不是用眼睛看的，是用耳朵聽的。」

「啊，對。」老人同意道，語氣謙卑溫和。這也是造物的一部分，世上所有事物都有各自的神奇之處。無窮的萬物促使人們永無休止的去認識世界，每件事物在它的稍縱即逝的短暫存在中，給人們留下難以磨滅的光輝。老人灰白色的眼睛睜得大大的，注視著這位瘦小的音樂家，這使魯道夫感覺到一個人前所未有的存在價值。

風雨、燈塔、守燈老人，這一切突然使魯道夫興奮起來，使他內心充滿了憐愛之情，賦與他一個比他自身大無窮倍的廣闊空間。他想為老人創造出一個烈火與繁星的傑作。他站起身，揚起琴弓，在濤聲的伴奏下，演奏起來──貝多芬的第九小提琴奏鳴曲，別稱《克羅采奏鳴曲》。

分分秒秒在琴弦上流淌，一瞬間等於創造那個烈火與繁星的世界數日；騰騰噴向天空的生命之火，緩緩注入心域的萬物之泉；驚雷的吶喊，軟風的撫慰；情感搏鬥的

波峰浪谷、世界的大同、人類崇高精神光輝下的燦爛諧音……魯道夫從未演奏得如此爐火純青，也從未得到過這般不同凡響的伴奏。

海浪和暴風用巨大的手指敲擊著塔樓，熠熠的燈塔自信的持續著一明一暗的迴圈。最後一個音符結束，魯道夫把頭垂在胸前，大口的喘著氣。大海在小島周圍翻騰著、咆哮著，像鼎沸的人聲，在給他喝采。

老人自始至終都一動不動的坐在那裡，寬大、粗糙的手放在大腿上，低著頭，專心聽著。曲終許久，他依然靜靜的坐著。然後他仰起臉，平靜的、顯得很有鑒賞力的抬起手，點點頭。

「對，一點都不假。」他說道。

┃作者簡介┃

約翰·貝里，生平不詳。

凌思隨筆

　　這篇作品先描寫了魯道夫在一個個小城鎮裡巡迴演出，為後文魯道夫得遇守燈老人做了鋪陳。小說中描寫的冰島小城鎮裡的聽眾並不傾心音樂，這與下文魯道夫偶遇知音形成對比。小說以「知音」為標題，意蘊豐厚；以魯道夫的見聞串聯情節，內容更加緊湊而真實。

　　在作者妙筆揮灑下，文中的老人**忠於職守**：在險峻的暴風雨中，依然看守燈塔，子承父業，矢志不渝；他**木訥從容**：言語不多，面對狂暴的外部世界而內心平和；他**傾心於美**：久久沉醉於貝多芬的《克羅采奏鳴曲》。

　　作者刻意描繪老人對陌生的樂曲全然不知，結尾處卻情不自禁的說：「一點不假！」顯示出對美的感知是每個人與生俱來的本性，雄渾的樂曲喚起了老人心中久久蟄伏的美。

　　其次，魯道夫的演奏非常投入，滲透了他的情感與靈魂，加之爐火純青的演技，具有強大的感染力；這首貝多芬的《克羅采奏鳴曲》內容大氣洪厚，與老人生活的外部世界非常契合，與他內在的心靈也很相通。

　　老人感受到了音樂的感染力和傳遞的美；老人獨自生活在島上，對這段樂曲全然不知很正常，但對美的感知是每一個人的本性，音樂家的演出喚起了老人心中對美的感受，很正常；魯道夫的演奏融入生命之火、萬物之泉、驚

雷的吶喊、軟風的撫慰、情感搏鬥的波峰浪谷、世界的大同、人類崇高精神光輝下的燦爛諧音等，從未演奏得如此爐火純青，從未得到過這般不同凡響的伴奏……感動老人很正常：從老人生活的環境來看，「大海」、「風浪」等營造的氛圍與魯道夫演奏的貝多芬的《克羅采奏鳴曲》的內容相契合，自然引發老人的共鳴。

　　「音」失而求諸「野」？文中奏鳴曲的表演讓人想起〈一籃雲杉毬果〉（作者為康斯坦丁・帕烏斯托夫斯基）虛構名曲演奏的描繪。

仙鶴

［俄國］　貝里耶夫

天濛濛亮的時候，爺爺就叫醒了伏娃。

「起床了！」爺爺催促著，「快起來！瞧，是誰到我們這兒來作客了？」

「這是仙鶴，」爺爺又說，「牠們正飛向溫暖的地方，沿途就在我們這兒的沼澤地休息。」

「您該早點叫醒我，爺爺……」伏娃埋怨起爺爺來。

仙鶴群正低低的盤旋。

「牠們要在農場上降落！可是黑麥還沒收成呢，」爺爺不安的說，「牠們會啄食麥粒，造成收成減少，我這就去鳴槍把牠們嚇跑！」

「等等，爺爺，別開槍！別開槍！」伏娃低聲說，「讓我再看一會兒吧！」他向麥地走去，一不小心滑進溝裡。溝裡長滿了牛蒡草、蕁麻和棘刺。伏娃不顧一切的向前爬著。他開始聽到了鳥嘴發出的神奇聲音：「契克！契

克！契克！」仙鶴正在啄食麥粒呢！

伏娃從牛蒡草叢中探出頭來——他的心像小鹿似的跳著。

「哦，這就是仙鶴！這些奇妙的鳥兒！」伏娃喃喃自語，「離得多近啊——腳像一根根長竹竿，尾巴就像女孩子頭上的捲髮打著圓圈！」

突然有隻仙鶴鳴叫起來，緊接著所有的翅膀都開始拍動——仙鶴成群飛向天空。

伏娃從溝裡跳起來，迅速向仙鶴群起飛的地方快步奔去。

仙鶴不是馬上就能升空飛起，牠們得先跳跳蹦蹦的向前跑上一小段路才能起飛。有隻仙鶴跑了幾步卻被草堆給絆住了。伏娃眼明手快，迅速抓住牠的腳。

仙鶴拼命掙扎著，但伏娃仍不鬆手。眼看伏娃馬上就要支撐不住了，他的手臂快扭傷了。

突然，仙鶴凶猛的用尖嘴對準伏娃額頭用力一啄，伏娃眼前一黑，暈頭轉向。他努力想捉住鶴嘴，但仙鶴反朝他的手指啄去。接著，牠揚起腦袋，用自己尖利的長嘴不

顧一切的朝伏娃身上亂啄！

「快點！爺爺！快來幫忙！」伏娃大聲求援。

爺爺飛奔而來。他抓住了仙鶴的翅膀，說：「牠會把你啄死的，你的眼珠差點保不住了！放開牠的腳，我來捉牠。」

仙鶴一轉身卻啄向爺爺。爺爺迅速脫下自己的上衣，快速的包住仙鶴的腦袋！

「只要牠看不見，就會老實了，」爺爺鬆了一口氣，「把你的仙鶴抱回家去吧。」

突然，蒙在上衣裡的仙鶴悲戚的哀鳴起來，而天上飛著的仙鶴群用哀鳴聲回應著。「牠們在告別，」爺爺說，「仙鶴跟人一樣，離別也是會難過的。」

伏娃突然心生不忍。他仰頭一望：仙鶴成群排著長隊，漸漸飛遠了，牠們的翅膀在早晨的陽光下顯得紅撲撲的。

「爺爺，」伏娃問，「牠的夥伴都飛走了？」

「當然，都飛走了。」

「爺爺，那我們把牠放了，好嗎？」

「那你剛才何苦抓牠呢？」爺爺頗感驚訝，「你還沒受夠牠的罪嗎？拿回村裡讓大家開開眼界也挺好的！」

「再過一會牠就來不及跟上大家了……」

「由你作主吧——牠是你抓住的，現在牠是屬於你。」

「爺爺，放牠飛走吧！」

伏娃解開纏裹在仙鶴頭上的衣服。起先，仙鶴一動也不動的站著，牠愣住了，接著，牠明白怎麼回事，向前跳躍著，並用力拍動著翅膀，一邊鳴叫一邊飛快的朝夥伴追去。

伏娃久久的目送著牠，心中暗自猜想：牠們將飛向何處？牠們又會遇見什麼？

「真是個小傻瓜！」爺爺邊笑邊親切的撫摸著伏娃的頭。

|作者簡介|

貝里耶夫，俄國作家。

|浸思隨筆|

　　只要你熱愛美、呵護美、敬畏美，你心中就有一隻仙鶴。這篇小說其實是在講述兒童經歷美、感受美的故事。伏娃對美的追求，對美的占有欲，都是兒童式的，只有愛和欣賞，這點和成年人（爺爺）的功利截然不同。占有美，卻受傷，伏娃不是以牙還牙，而是敬畏美，還仙鶴以自由，更是凸顯了那顆淳樸的赤子之心。

　　人生的大道理卻用清新的小故事來說，這樣的表達令人喜愛。

　　其實每個人心中都有一隻仙鶴，只是隨著年齡長大，很多人的仙鶴恐怕會變成母雞，因為美應該是無目的的欣賞。

　　愛仙鶴是種心態，一種不需要占有的心態，因為占有有時會傷害雙方。美原本應產生於距離。

　　人都是自私的。懂得超越個體，敬畏生命，便是大美。

綁架

[俄國]　鮑麗索娃

　　我在年夜飯的餐桌上被綁架，接著我被挾持進一棟我似曾相似的大樓裡。

　　走樓梯時，我們走了很久很久，腳酸的不行。我鼓起勇氣說，我們應該坐電梯才對。挾持我的狐狸說，電梯沒辦法運作。

　　終於抵達要去的樓層，綁架者連續撞了五次門，門才不情願似的發出斷裂聲開了，野貓和狐狸這才把我推進門。房間裡，擠滿了狐狸、野貓、公雞、狼、黑熊、野兔。昏暗中，黑熊說，我們是請您來赴宴的。

　　我急著想逃，故意說：「感謝你們的邀請，我可以洗手嗎？」不知誰開口說道：「現在沒有自來水。」

　　我說：「真是怪事。那麼，開燈總是可以吧？」公雞說：「電力的線路有問題，燈打不開。」

　　一陣寒風吹來，我打了個寒顫，埋怨說：「這裡不是

室內嗎？怎麼一直有風灌入？」黑熊解釋說：「施工時，牆壁有孔洞，沒補上。」

我問：「那可以讓我靠暖氣近一點嗎？我快凍僵了。」野兔抱怨說：「暖氣吹出來也是冷風，根本還沒有接上管線呢。」

我問：「既然如此，為什麼你們要住在這棟根本還沒有完工的大樓裡？」

大家說：「這棟大樓早就完工了，符合所有建築物的驗收標準，而且啟用批准文件還是您簽字通過的。這就是為什麼我們請您來慶祝我們新居落成的原因。」

我渾身燥熱，起身推開陽臺門，往前邁了一步，誰知卻一腳踏空，整個人掉了下去，我根本沒有想到，那陽臺居然沒有欄杆。

|作者簡介|

鮑麗索娃，俄國作家。

　　本文是寫綁架案,然而這起綁架案又與被邀參加慶祝新居落成之喜,非常巧妙的交織在一起,有意識的進行故事的錯位。通過這種寫法,讓情節錯位,增加可讀性;讓人物錯位,增加現場感。

　　最後,以小說主人公的自食其果揭露作品的諷喻意義,並諷刺建築業中某些不法商人粗製濫造、不顧品質,甚至置別人的生命安全不顧的行徑。同時也強烈批判某些建築監理驗收人員同流合汙的行為。

　　角色的安排也是刻意的。人為萬物之靈,卻把整個地球給毀了,同時也摧殘其他生物的生存空間。角色中只有「我」是人類,其他的都是動物。

　　「我」只知剝削弱者(以動物比喻),新屋則指被人類一再剝奪毀滅的有限其他生物居住空間,巧妙的比喻暗諷人類的自私自利,趨於滅絕是必然的。

K先生最喜愛的動物

〔德國〕　貝托爾特·布萊希特

當K先生被問到他最喜歡的動物時，他總是回答大象，並給出了以下理由：

大象集謀略與力量於一身。牠不只是將謀略用在耍一些無關緊要的小聰明來擺脫追捕或者取得食物上，而是將自己強大的謀略與力量用在更偉大的事業上。凡是大象經過的地方，必定會留下大片的腳印。

大象同時具有良好的品德，也懂得放鬆愉悅。牠能成為好朋友，也可以是一位可敬的對手。牠雖然是龐然大物，但行動迅速，牠的象鼻能指引著巨大的身軀去尋找最微小的食物，即使是堅果。大象的耳朵是可以調節的，牠只會傾聽適合自己的聲音。

牠當然也會逐漸著老，但牠始終也喜愛交朋友，並且牠的交友廣闊，不只限於自己的族群，也願意跟其他動物做朋友。大象到哪裡都很受歡迎，同時又被人所畏懼，更

誇張的說，牠甚至可能受到崇拜。

　　大象有厚實的皮膚，即使用尖刀也無法刺入，反而尖刀會斷裂。然而，牠的性情柔和、會傷心、也會憤怒。牠喜歡跳舞。牠會老死在叢林中。牠愛護孩子，還有其他的小動物們。

　　牠的膚色是灰白的，只因牠巨大的體型會引起注意。牠的肉不能作為食物的，但牠能很好的為我們做苦工。牠喜歡喝水，並且會因此覺得快樂。大象還會替美麗的藝術做出貢獻，因為牠為我們提供潔白的象牙。

|作者簡介|

　　貝托爾特・布萊希特（Bertolt Brecht, 1898-1956）德國戲劇家、詩人。他的劇作在世界各地上演。他曾寫關於Herr　Keuner的系列故事（簡稱K先生），十分耐人尋味。故事簡單卻富含哲理，激發人生思考。

| 凌思隨筆 |

　　獅子號稱百獸之王，但牠對人類的「貢獻」遠遠不如大象。誠如作者所分析的大象習性及其功能，讀者應該能深刻體會作者詮釋象一生的形象、舉止。至於最後一句話：「牠還為藝術做出貢獻：牠為我們提供象牙。」讀者當然能讀出作者的嘲諷意味：即使象肉不能食用，牠的珍貴象牙依舊是富人可以放置家中、向親朋炫耀的寶物。（這篇作品很適合小朋友閱讀、討論，並延伸至其他動物，包括人類）

　　文中的K先生讓我們想起卡夫卡（Franz Kafka, 1883-1924）。在他為數不少的小說中，主人公都被命名為一個簡單的字母──「K」。經過統計，卡夫卡小說中主人公「K」共出現4次，分別出現在兩部長篇小說《城堡》、《審判》、兩部短篇小說《夫妻》、《一個夢》中。有人分析過，這種命名方式是小說自傳性的象徵、是模糊化的處理、是孤獨感的外露。如果你同意：「一千個人心中有一千個哈姆雷特」，這種說法也是一種解讀。

獾鼻

〔俄國〕　康斯坦丁·格奧爾基耶維奇·帕烏斯托夫斯基

　　湖岸周圍的樹木飄下泛黃的樹葉，一片片落在湖面上，蓋滿了緊鄰岸邊的湖面，落葉多得無法在湖邊垂釣，魚鉤落在葉子上，就沉不進水中。

　　我們只好上了老舊的獨木舟，往湖心深處划去，在那可以擺脫落葉的糾纏，盡情垂釣。湖面上的睡蓮即將凋謝，深藍的湖水看去像是焦油般黑亮。

　　我們釣到一些河鱸，放到草地上，牠們不時的扭動、拍打著，身上的魚鱗閃閃發光，有如童話中潔白的日本公雞。我們收穫頗豐，除了河鱸，還有銀白色的湖擬鯉、雙眼像兩個小月亮的梅花鱸以及體型較長的狗魚，狗魚張開大口，露出兩排細如鋼針的利牙，牙與牙間碰得咯咯作響。

　　歲時秋令，明媚的陽光與朦朧的秋霧並存。越過光禿禿的樹群，可以望見遠方濃密的雲層與灰藍的天空。夜

間，我們四周的樹叢中，點點星光、搖曳不定。

　　我們在營地前築起一堆篝火，篝火得維持著日夜不滅，特別是夜間，這可以驅趕狼群，遠處傳來狼群的嚎叫與哀鳴，看來是篝火的煙燻和人類的歡笑聲，使牠們不得安寧。

　　我們相信，篝火的亮光跟濃煙可以嚇跑所有的野獸，但凡事總有意想不到的例外。某天夜裡，營帳旁的草叢中，竟出現野獸怒氣衝衝的嗤鼻聲。牠隱藏在四周草叢裡，焦躁的跑來跑去，攪得草堆簌簌發響，口鼻中嗤嗤作響，聽起來似乎氣狠狠的，但就是不肯現身。

　　平底鍋上正煎著馬鈴薯，一股濃香彌漫四周，那頭隱而未現的野獸顯然是衝著馬鈴薯的香味而來。

　　同隊伍中有一個九歲的孩子，對於夜宿林中的危機、秋天凜冽的寒冷，全然不放在心上，不過小孩的眼力顯然比我們大人敏銳的多，有什麼風吹草動往往是他第一個發現，告訴我們這些大人。

　　這孩子喜歡編故事，總是把在周遭看到的事物增添許多童言童語的情節，使旅途中增添許多不同於凜冽環境的

樂趣，我們當然不會、也不能斥責他的胡言亂語。小孩子
每天總能想出新花樣：一下說他聽見魚兒們在竊竊私語、
一下又說看見了螞蟻拿脫落的松樹皮和蜘蛛網做成小船，
用來渡過小溪。

我們都假裝相信他說的一切。

周遭的一切都顯得很不平常：無論是那一輪姍姍來
遲、懸掛在黑油油湖面上清輝朗朗的明月，還是那一團團
浮在空中的粉紅色雲彩，甚至是早已習以為常、那像海濤
聲似的參天松樹的喧囂。

孩子最先聽見那未知野獸的嗤鼻聲，就用手指按在
嘴脣的「噓、噓」，來警示我們不要作聲，我們都安靜下
來，連大氣也不敢喘，但雙手卻也不由自主的從背後拿出
獵槍，誰知道那是一隻什麼樣的野獸啊！

半個鐘頭以後，野獸從草叢中伸出溼漉漉、黑溜溜的
鼻子，模樣像極豬鼻。野獸的鼻子在空氣中聞了聞，禁不
住香味的引誘。接著尖形的頭臉從草叢中露了出來，臉上
一雙烏黑的眼睛好不銳利，最後乾脆跳出草叢，現身在眾
人的眼前，火光映照下連毛皮上的條紋也清清楚楚。

真相大白，那是一隻小獾。牠現身舉起爪子，挺身望向我們，然後發出厭惡的嘶鼻聲，被正在煎熟的馬鈴薯引誘，邁步朝平底鍋前進。

馬鈴薯在鍋中發出滋滋聲，熱油四濺。我正要大聲喝止，不願讓這獾子燙傷，然而為時已晚，那獾子縱身一跳，來到平底鍋前，把鼻子伸了進去……

一陣毛皮燒焦的氣味瀰漫開來，這小獾子嚎叫一聲，迅雷不及掩耳的逃回草叢去。牠邊跑邊尖叫，哀號聲響徹整片樹林，一路上撞倒好多灌木，顯然又氣又痛，嘴裡還不時吐出唾沫。

湖面和樹林裡一片慌亂，青蛙嚇得不合時宜的呱呱鳴叫起來，鳥兒也騷動撲翅飛起，還有一條足足有一普特（注）重的狗魚在緊靠湖岸的水裡大吼一聲，有如開炮聲。

次日早晨，孩子興沖沖的叫醒我，說他剛剛看見獾子在醫治燙傷的鼻子，我並不相信。

我坐在篝火邊，似醒未醒的聽著百鳥清晨的鳴叫。遠處的白尾鵰陣陣啁啾、野鴨嘎嘎呼叫、仙鶴在長滿苔蘚的

沼澤上長唳、魚群在湖中擺動的水波聲、斑鳩咕咕叫個沒完。我只想靜靜的坐著，不想移動身子。

孩子直接拉起我的手，他感到委屈，他要向我證明他沒有說謊。他教我去看看獾子是如何自己療傷的。

我勉為其難的同意。我們小心翼翼的在密林中穿行，只見帚石南叢之間，有一個腐朽的松樹椿。樹椿散發出蘑菇和碘的氣味。

在樹椿前，那獾子背對我們站著，牠在樹椿中心用爪子剜出個窟窿，把燙傷的鼻子埋進那潮溼冰涼的松樹腐木屑中。

獾子一動不動的站著，好讓燙傷的鼻子涼快些。另有一隻更小的獾子在周圍轉來轉去，發出同樣的嗤鼻聲。小獾子愈轉愈焦急，竟用鼻子去拱受傷獾子的肚皮。受傷的獾子向牠吼了兩聲，還舉起毛茸茸的後爪踢牠。

過了一陣子，這隻獾子將鼻子伸出松樹椿，頹然坐下，嗚嗚哭了起來。牠抬起圓圓的淚眼看我們，一邊呻吟，一邊用舌頭舔著血肉模糊的鼻子，彷彿是在懇求我們救治牠，然而我們根本不知從何下手，愛莫能助。

一年後，我在這個湖邊的附近，遇上鼻子帶有明顯傷疤的獾子，牠坐在湖邊，舉起一隻爪子，想捉住振翅飛翔的蜻蜓。我朝牠揮揮手，但牠氣狠狠的對我發出一陣嗤鼻聲，藏進月橘叢去了。

從此我再沒有見到牠了。

注：普特（пуд）是沙皇時期俄國主要計算重量單位之一，1普特等於40俄磅，約16.38公斤。

|作者簡介|

康斯坦丁·格奧爾基耶維奇·帕烏斯托夫斯基 （俄語：Константин Георгиевич Паустовский, 1892-1968），生於莫斯科一鐵路員工家庭。曾就讀基輔大學自然歷史系，後肄業於莫斯科大學法律系。當過工人、水手。主要作品有《黑海》、《森林的故事》、《一生的故事》等，其作品多以自然為主題。1956年出版的散文集《金薔薇》是一部文學散論集，它以簡潔的敘述和獨到的見解，成了一代人的「文學教科書」。

|凌思隨筆|

　　作者擅長描繪周遭大自然不同景致的轉化，以及人在大自然中的各種心理感受。全文角色只有獾子、孩子和敘述者「我」，其中獾子的一舉一動引發了孩子和「我」的回應。

　　人在「孩子」階段時，對周遭一切的反應遠比成人強烈。作者先敘述孩子急於與他人互動，表現他的奇幻想象和天真童心，暗示大自然中蘊藏著無窮奧祕；並為後文「我」不情願等情節的發展、凸顯作品主題做必要的鋪陳。

　　全文真正的主角是獾子。作者觀察細膩，先是以「伸」、「聞」、「饞」等動詞傳神的表現牠貪吃嘴饞的樣子；接著又以「露」、「現」等動詞生動的表現牠神情警惕、小心翼翼；描寫逼真而滑稽。同時還不忘精細刻畫小獾出場時的次序：由鼻子到嘴臉、眼睛、毛皮，細膩傳神的表現出牠貪吃嘴饞卻又神情警惕、小心翼翼的樣子。

　　接著作者生動的運用比擬手法刻畫獾子鼻子被燙傷後的反應，形象生動突出湖裡和樹林裡動物們慌亂的情狀；同時襯托出小獾燙傷潰逃時氣急敗壞、驚慌失措的樣子。

　　至於作者創作這篇小說的構思特色和寫作意旨，可以約略分為三點來說明：首先他緊密圍繞「獾鼻」這一線索，從小獾聞香，到鼻子燙傷、療傷，最後寫鼻子留下傷

疤，詳細寫出了林中邂逅小獾的整個過程。

　　其次，他抓住鼻子這一小獾最典型的特徵，十分傳神的刻畫出牠貪吃嘴饞、頑皮膽大、笨拙聰明的形象，表現作者對牠的憐愛和懷念。著一點而神形皆備，足見作者構思精巧，匠心獨具。

　　最後他不忘以克制簡約的筆法傳達豐富的情味。小獾被文中的「我們」無意間傷害以至惱怒人類，躲入林中，抒發作者內心愧疚之情，表達「自然萬物和諧共處」的祈願。

一團黏土

[美國] 亨利‧凡‧戴克

　　在河岸邊有一團黏土。它只是一團普通的黏土，粗糙而沉重。但是它認為自己有很高的價值，並且夢想著有一天它的美德會被發現，它將對這世界作出偉大貢獻。

　　在明媚的春光裡，頭頂上的樹木們正在竊竊私語，討論鮮豔花朵的綻放與嫩葉的舒展，陽光灑落每個樹梢、每片樹葉、每朵鮮花，森林閃閃發光，彷彿有成千上萬紅寶石和祖母綠的粉塵，輕柔的懸浮在大地上。

　　花兒看到這種美景驚喜極了，它們在春風的撫摸中低頭彎腰互相祝賀：「姊妹們，你們多可愛啊，你們讓日子變得更燦爛美好。」

　　河水也因為增添了新的力量而雀躍，因水流重聚而歡欣鼓舞，不斷以美好的音調向河岸喃喃絮語，敘述著自己是怎麼從冰冷的枷鎖中解脫出來，怎麼從積雪覆蓋的群山奔騰匯聚到這裡，以及它即將前往承擔的重大工作——無

數水車的輪子等待著它推動，巨大的輪船等待著它驅動前往海上。

黏土在河床上盲目的等待著，不斷用種種崇高的理想來安慰自己，「我的榮耀時刻終將到來，」它說，「我不會被永遠埋沒，世間的種種光彩、榮耀，將在適當的時候，降臨到我的頭上。」

有一天，黏土發現自己從原來長期苦守的河床上被移走了。一鏟下去，它被挖了起來，然後和其他成塊的黏土一起裝到一輛車上，沿著一條崎嶇不平的石子路，運到遙遠的地方去。

但它並不害怕，也不灰心，它在心裡對自己說：「這是必要的。通往光榮的道路總是艱難崎嶇的。現在我就要到世界上努力完成我的重大使命。」

這段路程非常艱辛，但是與之後隨之而來的苦難相比卻又不算什麼。黏土被放進槽中，然後被一連串的擠壓、捶打、攪拌、踩踏。這讓它幾乎無法忍受，但是只要一想到某種美好崇高的事物必將從這一番痛苦中產生，它就釋然了。黏土堅決相信，只要它能耐心的等待下去，總有一

天它將得到豐厚的回報。

　　接著它被放到一只快速轉動著的轉盤上，自己也跟著團團旋轉起來，那感覺好像自己將被甩得粉身碎骨。在旋轉中，它經歷一切眩暈痛苦，彷彿有一股神奇的力量把它緊緊捏在一起，它覺得自己已經開始變成全新的形狀。

　　然後一隻陌生的手把它放進窯灶，周圍烈火熊熊、猛烈刺骨，那灼熱程度遠比盛夏河邊的豔陽還要炎熱。但從始至終，黏土十分堅強的接受了一切考驗，對自己美好的未來信心不變。它心想，「既然我承受了這麼大的痛苦，我是注定要有一番錦繡前程的。看來我不是成為廟堂殿宇裡的華美裝飾，就是要成為帝王桌案上的名貴花瓶。」

　　最終，窯的炙熱停歇了，烘烤完成，黏土被取出，被放在木板上，讓它在藍天下的涼風中慢慢冷卻。磨難已過，光榮的日子就不遠了。

　　木板旁有一泓潭水，水不是很深也不是很清，但水面平靜，能公正的映出潭邊的事物。當黏土被人從板上拿起來時，它這才第一次窺見了自己新的形狀，而這便是它耐心與歷經痛苦的回報、它對美好未來想望的成果——一個

普通的花盆，筆直又僵硬，又紅又醜。這時它才感覺到它既不是為了國王的殿堂，也不是為了藝術殿堂，因為它的外貌一點也不高雅華貴。它對自己那位不知名的製作者喃喃抱怨說：「你為什麼把我做成這副模樣？」

自此一連數天它抑鬱不快。然後它被泥土填滿了，以及另外一件東西，它不太清楚是什麼東西，但灰黃粗糙，難看至極，這醜東西被埋入土裡，然後用東西蓋上。這個新的屈辱引起了黏土的極大不滿：「我的不幸現在是到了極點，讓人裝起髒土垃圾來了。我這一生太失敗了。」

但是過了不久，黏土又被移往溫室中，這裡陽光和煦的照耀著它，並且經常有人給它噴水，這樣就在它一天天靜靜等候的時候，似乎有某種變化正一點一滴展開。某種東西正在體內萌動，醞釀著新的希望！但它對此仍一無所知，也不知道這個希望意味著什麼。

某一天，黏土又被人從原地搬走，送進一座宏偉的教堂，周遭傳來聖樂，四周滿溢花香。多年的夢想終於實現了，它在世界上發揮著重要作用。但它對這一切仍是無法理解。於是它低聲向身旁和它一模一樣的另一個黏土器皿

問道，「為什麼他們把我們放在這裡？為什麼所有的人都注視著我們呢？」那個器皿答道，「怎麼你還不知道？你現在身上正懷著一株如同皇室權杖般的美麗百合。它那花瓣皎白如雪，它那花蕊有如純金般閃耀。人們都讚嘆的望著你，因為這是世上最美的百合，而根就在你的心裡。」

這時黏土心滿意足了，它默默的感謝它的製造者，因為雖然自己只是一只普通花盆，但裡面裝的卻是一件稀世奇珍。

▎作者簡介▎

亨利・凡・戴克（Henry van Dyke, 1852-1933），美國作家、教育家、詩人、劇作家。

　　這是關於一團黏土的簡短寓言。在故事開始時，大自
然在黏土面前標榜了所有奇妙的美麗，但黏土仍然謙虛，
因為它重申了自己，時間到了，它將被用來製造偉大的東
西。但隨著時間的流逝，黏土仍然是黏土。

　　然後，當時間到了，將黏土與其他黏土一起製成某
種東西。黏土是歡樂的，並充滿了興奮，因為它對它的目
標寄予了很高的希望。黏土在接下來的幾天裡經歷了痛苦
和磨難，最終黏土變成了一個普通的、醜陋的、紅色的花
盆。

　　黏土失去了對偉大夢想的希望。黏土只感到恥辱和失
敗。直到很多人凝視著黏土時，它才意識到自己蘊藏著王
室稀有的百合花，而種子是一顆金子般的心，恰好位於黏
土的中心。

　　作者寫黏土，其實在暗喻世間許多過度膨脹自己的
凡人。沒錯，凡人必須經過多少苦難的考驗，但並非人人
都可達成自己的願望。我們現實社會上有不少高估自己的
人，等到遭遇不同程度的苦難後，才明白自己的真正價
值，如同文中的黏土一般。

勒索信

〔美國〕班·克里斯丁森

　　鮑比·斯科特被綁架了。三天後，鮑比的父親收到一封沒有署名寄件人的信，蓋著紐約的郵戳。

　　「這可能是綁匪寄來的。」負責本案的埃文斯警官說。他小心翼翼的打開信封，用鑷子取出兩張紙，在桌上展開。都是用鉛筆寫的，一張紙是印刷體，另一張則是鮑比的筆跡。

　　第一張紙上寫的是：「若還想再見到你的孩子，就準備好十萬美元的小額新鈔。」

　　鮑比在信上寫的是：

親愛的爸爸：

　　他們要我給您寫封親筆信，證明我還活著。為了證明這封信是我寫的，我就描述一下小鳥吧。我看見一隻鳥在啄一棵樹，這隻鳥除了頭和脖子是白色的，全身都是黑色。在

小鳥的頭部後面有一點兒紅色斑點。還有另一隻鳥，是一隻麻雀，只有牠在鳴叫。鳥的頭部是灰色的，全身上下都有黑色條紋，尾巴非常短。我丟了一根樹枝，鳥就向南飛走了，我敢說牠能連續飛十英里。這裡還有一隻藍知更鳥，發出格格響的叫聲。希望能盡快回到爸爸的身邊。

愛您的鮑比

埃文斯看著桌上男孩的照片，男孩很強壯，「你的孩子非常熱愛大自然吧？我來檢驗信上是否有指紋，也許能發現一些線索。」

斯科特先生眉頭深鎖，「他向來喜愛研究鳥類，可不知為何？這封信中有些錯誤，我可以影印一份嗎？」他印完信後，向外面走去，「我想確認一些事情，去圖書館查些資料，馬上回來。」

過了兩個小時斯科特先生回來了。埃文斯警官沒有從信紙或信封上得到任何線索，顯然綁匪早料到警方這招，根本沒有留下破綻。

斯科特先生說：「埃文斯警官，我想我兒子應該還活

著。除此之外，我發現一個可能囚禁他的地方。先別問我原因，因為也許我的推測是錯的，現在我要立刻坐飛機去加州，馬上就出發！」

「加州？可是信件的郵戳是紐約來的啊？」埃文斯警官問道，「你究竟從信上的內容發現什麼？」

「目前我還不敢肯定，但請相信我，希望你能與我同去。」

當他們來到加州的聖塔芭芭拉時，一下飛機，早已有大批警務人員在等候他們。斯科特先生告訴他們：「我們要找的地方大概距離這裡以北約十英里，是一個有生長高大松樹的地方，附近應該有一條溪流或是一個小湖。請問你們有人知道什麼地方具有這些特徵嗎？」

一個警員說：「還真有這麼一個地方，幾年前我曾經到那個地方搜索辦案過。」他們很快的找到那裡，附近沒有任何房屋，只有一間看似早已廢棄的老舊木屋。警方小心翼翼包圍木屋，沒開一槍就捉住了措手不及的綁匪。

斯科特先生緊緊把兒子抱在懷裡，鮑比說：「爸爸，我就知道您能找到這裡。」

埃文斯警官抱怨道：「從頭到尾我一直被蒙在鼓裡，現在說明一下吧！我猜是你兒子的信指引你的吧，到底是怎麼一回事呢？」

斯科特先生拍拍鮑比笑著說：「沒那麼神祕，那封信乍看之下讓人覺得像是個對鳥不熟悉的人寫的，但是鮑比已經研究鳥類好幾年，熟悉各種鳥的特徵，起初我不明白他為什麼在信上假裝什麼也不懂，但實際上卻描述得十分詳細。」

斯科特先生接著說：「我在圖書館查到信裡寫的鳥，就發現了答案。信上一開始說的白頭啄木鳥分布在太平洋沿岸的松林地區，而鳴叫的麻雀則是聖塔芭芭拉麻雀，在所有藍知更鳥中，只有一種的叫聲是格格響，又叫魚狗，這種鳥總是離淡水不遠。」

「原來如此。」埃文斯說，「但是離聖塔芭芭拉約十英里，這又如何解釋？」

斯科特先生接著說：「這就真的是用猜的，鮑比信上說那隻麻雀一口氣向南飛十英里，但麻雀其實不會連續飛很遠，通常只從一棵樹上飛到另一棵樹上，因此推測這是

在表示距離；這讓我明白鮑比在巧妙的告訴我們他在什麼

地方，就把這一切綜合在一起了。」

|作者簡介|

班‧克里斯丁森，美國作家。

　　表面上，一篇以普通常識做為破案主要工具、類似偵探小說的小作品。然而我們沒有像斯科特先生和他兒子鮑比那樣對鳥類生活有深入透澈的瞭解，根本就無法破案，甚至性命難保。全文讀起來輕輕鬆鬆，但作者對鳥類生活瞭解的程度早已超過你我的想像，也活該綁匪會倒楣。

　　文字是故事體，但它卻必須借助父子對大自然生物的熟悉和理解，才使得故事有點自然文學的味道。

公理

〔俄國〕 庫爾良茨基‧海特

老師手指離開黑板，拍掉衣服上粉筆灰說：「現在請大家做筆記：平行的兩條直線，任意加以延長，永遠不相交。」

學生們低頭在課本上寫著。

「平行的兩條直線……永遠……不相交。西多羅夫，你為什麼不動筆記下呢？」

「我在思考一個問題。」

「什麼問題呢？」

「為什麼它們永遠不會相交呢？」

「我剛才不是教過，因為它們是平行的！」

「那麼，要是把它們延長到一公里，也不會相交嗎？」

「當然不會。」

「要是延長到兩公里呢？」

「也不會相交。」

「要是延長到五千公里，它們就能相交了吧？」。

「還是不會。」

「有人實際試過嗎？」

「這是數學上的公理，不需要做證明。謝苗諾夫，你說說，什麼是公理？」

一個戴著眼鏡、態度認真的男孩從旁邊座位上站起來，大聲回答道：「公理就是不證自明的真理。」

「謝謝你，謝苗諾夫，」老師說，「坐下吧……西多羅夫，現在你明白了嗎？」

「我知道什麼是公理，但還是不懂，為什麼兩條平行線永遠不會相交。」

「因為這是一條數學公理，是不需要證明的真理。」

「那麼，是不是所有的定理都可以叫做公理，也都不用加以證明了？」

「不是所有的數學定理都能成為公理。」

「那為什麼這一條定理可以成為公理呢？」

「你太固執了……西多羅夫，你今年多大了？」

「十一歲。」

「明年是多少歲？」

「十二歲。」

「再過一年呢？」

「十三歲。」

「你看，所有人每過一年，就都會增加一歲，這也是一條公理。」

「如果這個人今天死掉了呢？」

「什麼意思？」

「這個人今天死掉了，那他不就永遠無法增加歲數了。」

「這是例外，你別挑我語病，關於公理，我還可以給你舉出成千上萬的例子，但你要明白，公理之所以是公理，正是因為它是不證自明的。」

「如果不是公理呢？」

「你是指什麼？」

「如果是其他數學定理，就需要證明了吧？」

「數學定理當然是需要證明的，可是我們現在說的是公理。」

「為什麼平行線不會相交是公理呢？」

「因為這是歐幾里德說的。」

「要是他說錯了呢？」

「你不會認為自己比歐幾里德更聰明吧」。

「我並沒有這麼認為。」

「那你為什麼要強詞奪理的爭辯呢？」

「我沒有爭辯，我只是想知道，為什麼兩條平行直線永遠不會相交？」

「沒有為什麼，因為它們就是永遠不可能相交，整個幾何學就是建立在這個公理上。」

「這麼說，只要兩條平行直線一相交，整個幾何學就不能成立了？」

「那當然，但它們絕對不可能相交，我在黑板上畫給你看……怎麼樣，相交了沒有？」

「暫時沒有。」

「好，你再看，我在牆上接著畫……相交了沒？」

「沒有。」

「那這樣你還有問題嗎？」

「要是再延長，延長到牆的背面去呢？」

「我總算明白，你是存心找碴，干擾我上課。」

「我沒有要干擾上課，只是我真的搞不懂。」

「你不相信歐幾里德，大概也不知道他是誰。但我是你的數學老師，你總該相信我吧，我對你說，它們是永遠不會相交的，這樣你能相信嗎？」

「我還要再想想。」

「西多羅夫，我給你兩個選擇：要麼你立刻承認它們不會相交，要麼我把你趕出教室，你選哪一個？」

「我實在弄不明白這是怎麼回事。」西多羅夫哽咽著說。

「出去，」老師罵了起來，「不准你再干擾上課。」

西多羅夫背起書包，哭著走出教室。

老師疲憊的坐到椅子上，整個教室安靜了幾分鐘，然後老師站起來又走向黑板。

「同學們，我們繼續上課，請你們再記下一條公理：兩點之間永遠只能畫一條直線。」

|作者簡介|

　　庫爾良茨基・海特，俄國作家。

|凝思隨筆|

　　〈公理〉敘述的是小學生西多羅夫勤學好問，不滿足於固有的答案，敢於向權威挑戰；也可以說小說諷刺了生活中畸形的雄辯症；或者說它說明了沒有共同語言的人永遠走不到一起的道理；又或者是說作者於作品裡一前一後兩條公理的運用，正是他的哲學寓意所在……這些揣測都有一定的道理，然而，又不能排斥他人見解的可能性。

　　作者在這有限的篇幅裡，擴大藝術容量，並深化蘊藉內涵，創作出了「玩之者無窮，味之者不厭」藝術境界。

　　作者洞察幽微的本領令人嘆服，他能夠抓住生活中最平常的老師上課、學生聽課這樣極普通的小事，組合材料，抓住一點，深而掘之，在平淡的描寫中，給予深刻而內涵豐富多彩的內容。言近旨遠，引人入勝，使人愛不釋手，久久回味。

　　換個角度來看，文中老師強調的是公理，這是科學上的知識；而孩子重視的似乎是常識。兩人出發角度不同，最後當然造成誤會。

推薦

豐碩閱讀智能，老船長掌舵再啓航

　　讀張子樟教授編選的散文選集，認識世界各國頂尖文學作者，能豐碩閱讀智能更能開闊視野。精選的故事，具備了妙趣橫生幽默的情節，提供可轉化心識的能量，留給讀者明燈式的思考空間，體會生命中的愛與天賦。物超所值的是張教授在「浸思隨筆」一一提點開解其中義理。

　　每一篇都言簡意賅可快速閱讀理解，很容易與生活經歷連結。例如：其中有一則故事〈鑲金牙的鱷魚〉，鱷魚一張口就獵捕到的男人，如果將男人吃掉了，故事也就結束了；可是鱷魚卻有自己的習性——要欣賞一下獵物再好好享用，牠欣賞男人後，又嫉妒他一口閃閃發光的金牙，然後……，然後……鱷魚的生活、習性都跟著改變了，故事最後令人匪夷所思的是鱷魚變成了人。

　　大家想一想變成「人」的鱷魚，牠眞的是「人」嗎？或者其實牠依舊是「鱷魚」呢？整篇故事情節發展，都深藏著反諷的意味值得讀者一再深思。這些道理簡單帶有哲理的小故事，規避說教式無聊的教條倍感抒解壓力。

這是一本好讀易懂，可以和孩子談心、和學生談人生的書。本書編選了五個主題，每一則故事都深具可探討的議題，包括：一、「對生命的尊重」：在反思自己、家庭、親密朋友和工作夥伴之間，釐清其中的微妙關係，在探索過程中鼓勵讀者提問和思考其中豐富的修鍊題材。二、「善與惡的距離」：故事蘊含擁有物質與精神的能量，能夠明辨是非曲直關懷世人，活出壯碩優雅的風度。三、「價值的抉擇」：誠懇善良的心態、用心與正念的熱情、充分發揮潛能的智慧，無私的奉獻與分享，就是最有價值的抉擇了。四、「踏實的活著」：許願的重要，是許一個可實現的願望。培養無條件「原諒」的心胸，能夠放下執念感受周遭的溫度，方能創造出踏實的生活。五、「自然與人共存共榮」：寓言——可探討生命高層次思維的體驗，反覆閱讀深刻領悟環境和靈性的成長，透過探討將意味深長的內涵梳理一番，與大自然共存共榮。

在日常生活中養成手邊有書的閱讀習慣，是一種浪漫的習慣。一個人看書很好，兩人相伴可以分享，三人對話或多人一起讀書，再閱讀即可尋得一種睿智淡然的灑脫，也別具一番深刻的樂趣。

張采珍 （鹿江教育基金會董事）

國家圖書館出版品預行編目資料

鑲金牙的鱷魚──經典文學故事選 / 張子樟 編選
　　六十九 繪圖
　　　. -- 初版. -- 臺北市：幼獅, 2021.08
　　　面； 公分. -- (故事館；078)

　　　ISBN　978-986-449-218-3 (平裝)

815.96　　　　　　　　　　　　　　　109022035

・故事館078・

鑲金牙的鱷魚──經典文學故事選

編　　選＝張子樟
繪　　者＝六十九
出 版 者＝幼獅文化事業股份有限公司
發 行 人＝李鍾桂
總 經 理＝王華金
總 編 輯＝林碧琪
主　　編＝沈怡汝
編　　輯＝廖冠濱
美術編輯＝李祥銘
總 公 司＝10045臺北市重慶南路1段66-1號3樓
電　　話＝(02)2311-2832
傳　　真＝(02)2311-5368
郵政劃撥＝00033368

印　　刷＝龍祥印刷股份有限公司
定　　價＝320元
港　　幣＝106元
初　　版＝2021.08
書　　號＝984267

幼獅樂讀網
http://www.youth.com.tw
幼獅購物網
http://shopping.youth.com.tw
e-mail:customer@youth.com.tw